[唐]韩愈 等·著

唐宋八大家散文

陕西新华出版 三秦出版社

图书在版编目（ＣＩＰ）数据

唐宋八大家散文 ／（唐）韩愈等著 . -- 2版 . -- 西安：三秦出版社，2008.04（2024.1重印）

（国学百部文库）

ISBN 978-7-80628-054-6

Ⅰ . ①唐… Ⅱ . ①韩… Ⅲ . ①唐宋八大家－古典散文－选集 Ⅳ . ① I264.2

中国版本图书馆 CIP 数据核字（2008）第 032706 号

书　　名	唐宋八大家散文
作　　者	［唐］韩愈等 著
责　　编	淡懿诚
封面设计	新华智品

出版发行	三秦出版社
社　　址	西安市雁塔区曲江新区登高路 1388 号
电　　话	（029）81205236
邮政编码	710061
印　　刷	北京一鑫印务有限责任公司
开　　本	680×1020　1/16
印　　张	9
字　　数	152 千字
版　　次	2008 年 4 月第 2 版
印　　次	2024 年 1 月第 2 次印刷
标准书号	ISBN 978-7-80628-054-6

定　　价	39.80 元
网　　址	http://www.sqcbs.cn

前　言

　　唐宋八大家是指在唐朝和北宋两代八位著名的散文作家，他们分别是韩愈、柳宗元、欧阳修、苏洵、曾巩、王安石、苏轼和苏辙。明朝散文家茅坤曾编选《唐宋八大家文钞》，"唐宋八大家"的名称便从此流传于世，其文章成为后世散文创作的典范。

　　韩愈（768－824），字退之，唐代文学家、哲学家，被尊为"唐宋八大家"之首。自谓郡望昌黎，世称韩昌黎。河南河阳（今河南孟县）人。因官吏部侍郎，又称韩吏部。谥号"文"，又称韩文公。韩愈是唐代古文运动的倡导者，主张文章要开孔孟之道，以此来反对当时单纯形式的骈文。其散文内容丰富，形式多样，语言简炼，鲜明生动，为古文运动树立了典范。

　　柳宗元（773－819），字子厚，唐代河东（今山西省永济市）人，因为他是河东人，终于柳州刺史任上，所以号柳河东或柳柳州。柳宗元的散文风格自然流畅，幽深明净。他一生创作丰富，议论文、传记、寓言、游记都有佳作。柳文中的山水游记最为脍炙人口，它们在柳宗元手里发展成为一种独立的文学体裁，柳宗元也因而被称为"游记之祖"。柳宗元山水游记的著名代表作是"永州八记"。

　　欧阳修（1007－1072），北宋文学家、史学家。字永叔，号醉翁、六一居士，吉州吉水（今属江西）人。官至翰林学士、枢密副使、参知政事。谥文忠。主张文章应"明道"、致用，对宋初以来靡丽、险怪的文风表示不满，并积极培养后进，是北宋古文运动的领袖。散文说理畅达，抒情委婉，诗风与其散文近似，语言流畅自然。其词婉丽，承袭南唐余风。

　　苏洵（1009－1066）北宋散文家。字明允，号老泉。眉山（今属四川）人。嘉祐年间，其文得欧阳修举荐，一时公卿士大夫争相传诵，文名因而大盛。与其子苏轼，苏辙合称三苏。苏洵的散文论点鲜明，论据有力，语言锋利，纵横恣肆，具有极强的说服力。艺术风格以雄奇为主，而又富于变化。一部分文章又以曲折多变、纡徐宛转见长。

　　曾巩（1019－1083）北宋散文家，字子固。南丰（今属江西）人。嘉祐二年（1057）进士，奉召编校史馆书籍，官至中书舍人。曾巩是欧阳修古文运动的支持者和参与者。曾巩的散文创作成就很高，是北宋诗文革新运动的积极参加者。他师承司马迁、韩愈和欧阳修，主张"文以明道"，把欧阳修的"事信、言文"观点推广到史传文学和碑铭文字上。他的散文大都是"明道"之作，文风以"古雅、平正、冲和"见称。《宋史》本传说他"立言于欧阳修、王安石间，纡徐而不烦，简奥而不晦，卓然自成一家"。他的议论性散文，剖析微言，阐明疑义，卓然自立，分析辨难，不露锋芒。他的记叙性散文，记事详实而有情致，论理切题而又生动。王安石曾赞叹说："曾子文章世稀有，水之江汉星之斗。"（《赠曾子固》）

王安石（1021－1086），字介甫，号半山，小字獾郎，封荆国公，世人又称王荆公。抚州临川人，北宋杰出的政治家、思想家、文学家。他的散文，雄健简炼，奇崛峭拔，大都是书、表、记、序等体式的论说文，阐述政治见解与主张，为变法革新服务。这些文章针对时政或社会问题，观点鲜明，分析深刻，长篇则横铺而不力单，短篇则纡折而不味薄。

苏轼（1037－1101），字子瞻，又字和仲，号"东坡居士"，眉州眉山（即今四川眉山）人，是宋代（北宋）著名的文学家、书画家。他与他的父亲苏洵、弟弟苏辙皆以文学名世，世称"三苏"。苏轼散文以雄健恣肆见长。他的政论文，立论范围广泛而主旨分明，往往纵横捭阖，挥洒自如，气势恢弘；他的记叙性散文，也是叙议相长，铺张扬厉，汪洋恣肆。即便是随笔、序跋、书札一类的杂文，或谈艺论道，或抒写襟怀，或描景状物，或记人叙事，也莫不如行云流水，波澜迭出，变幻莫测。

苏辙（1039－1112）字子由，眉州眉山（今属四川）人，晚年自号颍滨遗老。苏轼之弟，人称"小苏"。苏辙是散文家，为文以策论见长，在北宋也自成一家，但比不上苏轼的才华横溢。他在散文上的成就，如苏轼所说，达到了"汪洋澹泊，有一唱三叹之声，而其秀杰之气终不可没"。苏辙生平学问深受其父兄影响，以儒学为主，最倾慕孟子而又遍观百家。他擅长政论和史论，在政论中纵谈天下大事，如《六国论》评论齐、楚、燕、赵四国不能支援前方的韩、魏，团结抗秦，暗喻北宋王朝前方受敌而后方安乐腐败的现实。他的文章风格汪洋澹泊，也有秀杰深醇之气。

唐宋八大家散文在我国文学发展史上占有重要地位。它继承先秦两汉散文的优良传统，反对六朝以来的骈俪文风，发展并完善了古代散文的各种文体，影响了元、明、清各代散文创作，对当代散文创作也有重要借鉴意义。

唐宋八大家散文佳篇如云，囿于篇幅，我们遴选其中的名篇佳作，附以注释和译文，献给读者。意在使读者比较快捷地领略古代散文的精神，引起进一步阅读的兴趣。当然，不足错讹之处，还请批评指正。

编 者

2008 年 8 月

目　录

韩 愈

韩愈（768—824），唐代著名散文家、诗人。字退之，河南河阳（今河南孟县）人。三岁而孤，养于兄韩会家。幼年即刻苦儒学，及长，尽通六经百家之说。唐德宗贞元八年（792），登进士第。十二年，为宣武军节度使董晋观察推官。晋卒，为宁武军节度使张建封推官。调四门博士，转监察御史。因上书言宫布，贬为连州阳山令。改江陵法曹参军。宪宗时，召为国子博士。宰相裴度平淮西藩镇，以为行军司马，以功授刑部侍郎。因谏宪宗迎佛骨，贬为潮州刺史。穆宗时为国子监祭酒。历任京兆尹、兵部侍郎、吏部侍郎等职。一生尊崇儒学，主张文以载道，倡导古文运动，使数百年来萎靡浮华文风为之一变。被誉为"文起八代之衰"。文章如长江大河，浑浩流转。对后世影响巨大。诗格宏伟奇崛，"以文为诗"。郡望昌黎，集名《韩昌黎集》。

原　　道

【题解】

《原道》是韩愈"复古尊儒，排斥佛老"的代表作。全文观点鲜明，"破""立"结合，引证古今，从历史发展、社会生活等方面层层剖析，驳斥佛老之缺点，论述儒学之优点，最后归结到恢复古道尊崇儒学的宗旨，是唐代古文的杰出作品。

【原文】

博爱之谓仁，行而宜之之谓义，由是而之焉之谓道，足乎己无待于外之谓德。仁与义为定名，道与德为虚位。故道有君子小人，而德有凶有吉。老子之小仁义，非毁之也，其见者小也。坐井而观天，曰天小者，非天小也。彼以煦煦为仁，孑孑为义，其小之也则宜。其所谓道，道其所道，非吾所谓道也。其所谓德，德其所德，非吾所谓德也。凡吾所谓道德云者，合仁与义言之也，天下之公言也。老子之所谓道德云者，去仁与义言之也，一人之私言也。

　　周道衰，孔子没，火于秦。黄老于汉，佛于晋、魏、梁、隋之间[1]。其言道德仁义者，不入于杨，则入于墨[2]；不入于老，则入于佛。入于彼，必出于此。入者主之，出者奴之；入者附之，出者污之。噫！后之人其欲闻仁义道德之说，孰从而听之？老者曰："孔子，吾师之弟子也。"佛者曰："孔子，吾师之弟子也。"为孔子者，习闻其说，乐其诞而自小也，亦曰："吾师亦尝师之"云尔。不惟举之于其口，而又笔之于其书。噫！后之人虽欲闻仁义道德之说，其孰从而求之？甚矣，人之好怪也！不求其端，不讯其末，惟怪之欲闻。

　　古之为民者四，今之为民者六；古之教者处其一，今之教者处其三。农之家一，而食粟之家六；工之家一，而用器之家六；贾之家一，而资焉之家六。奈之何民不穷且盗也！古之时，人之害多矣。有圣人者立，然后教之以相生相养之道。为之君，为之师，驱其虫蛇禽兽而处之中土。寒然后为之衣，饥然后为之食；木处而颠，土处而病也，然后为之宫室。为之工以赡其器用，为之贾以通其有无，为之医药以济其夭死，为之葬埋祭祀以长其恩爱，为之礼以次其先后，为之乐以宣其湮郁；为之政以率其怠倦；为之刑以锄其强梗[3]。相欺也，为之符、玺、斗斛、权衡以信之[4]；相夺也，为之城郭甲兵以守之。害至而为之备，患生而为之防。今其言曰："圣人不死，大盗不止。剖斗折衡，而民不争[5]。"呜呼！其亦不思而已矣？如古之无圣人，人之类灭久矣。何也？无羽毛鳞介以居寒热也，无爪牙以争食也。

　　是故君者，出令者也；臣者，行君之令而致之民者也；民者，出粟米麻丝，作器皿，通货财，以事其上者也。君不出令，则失其所以为君；臣不行君之令而致之民，则失其所以为臣；民不出粟米麻丝，作器皿，通货财以事其上，则诛。今其法曰："必弃而君臣，去而父子，禁而相生相养之道，以求其所谓清静寂灭者^{〔6〕}。”呜呼！其亦幸而出于三代之后，不见黜于禹、汤、文、武、周公、孔子也^{〔7〕}。其亦不幸而不出于三代之前，不见正于禹、汤、文、武、周公、孔子也。

帝之与王，其号虽殊，其所以为圣一也^{〔8〕}。夏葛而冬裘，渴饮而饥食，其事虽殊，其所以为智一也。今其言曰：“曷不为太古之无事^{〔9〕}？”是亦责冬之裘者曰：“曷不为葛之之易也？”责饥之食者曰：“曷不为饮之之易也？”传曰：“古之欲明明德于天下者，先治其国；欲治其国者，先齐其家；欲齐其家者，先修其身；欲修其身者，先正其心；欲正其心者，先诚其意。”然则古之所谓正心而诚意者，将以有为也。今也欲治其心，而外天下国家，灭其天常。子焉而不父其父，臣焉而不君其君，民焉而不事其事。孔子之作《春秋》也，诸侯用夷礼，则夷之^{〔10〕}，进于中国，则中国之^{〔11〕}。经曰：“夷狄之有君，不如诸夏之亡^{〔12〕}。”《诗》曰：“戎狄是膺，荆舒是惩^{〔13〕}。”今也，举夷狄之法，而加之先王之教之上，几何其不胥而为夷也？

夫所谓先王之教者，何也？博爱之谓仁，行而宜之之谓义，由是而之焉之谓道，足乎己无待于外之谓德。其文《诗》、《书》、《易》、《春秋》，其法礼、乐、刑、政，其民士、农、工、贾，其位君臣、父子、师友、宾主，昆弟、夫妇，其服麻丝，其居宫室，其食粟、米、果、蔬、鱼、肉。其为道易明，而其为教易行也。是故以之为己，则顺而祥；以之为人，则爱而公；以之为心，则和而平；以之为天下国家，无所处而不当。是故生则得其情，死则尽其常；郊焉而天神假，庙焉而人鬼飨^{〔14〕}。曰：“斯道也，何道也？”曰：“斯吾所谓道也，非向所谓老与佛之道也。”尧以是传之舜，舜以是传之禹，禹以是传之汤，汤以是传之文、武、周公，文、武、周公传之孔子，孔子传之孟轲；轲之死，不得其传焉。荀与扬也，择焉而不精，语焉而不详[15]。由周公而上，上而为君，故其事行；由周公而下，下而为臣，故其说长。然则如之何而可也？曰："不塞不流，不止不行。人其人，火其书，庐其居，明先王之道以道之。鳏、寡、孤、独、废、疾者有养也[16]。其亦庶乎其可也！"

【注释】

〔1〕火于秦：指秦始皇采纳宰相李斯的主张，焚烧《诗》、《书》和诸子百家的书。黄老于汉：黄帝和老子的学说传至西汉初期，又兼采各家学说，比较重视法治，主张守成无为。汉文帝时，曹参推荐盖公讲黄老法术。文帝很信仰，自此道家兴盛发达。佛于晋、魏、梁、隋之间：传说后汉时，明帝夜梦一个金色的人在殿前飞行。傅毅奏说这个人便是佛。明帝派人去天竺国求来佛经和释迦牟尼像。从此佛教传入中国，至魏、晋、梁、隋各朝都有许多人信佛。

〔2〕杨：杨朱，字子居，战国时思想家。主张"为我"。墨：墨翟，战国时思想家。主张"兼爱"、"非攻"。

〔3〕强梗：倔强抗命之徒。

〔4〕符：古代的封牌，双方各执一半，用时相合为证。玺：印章。秦汉后多指皇帝用的印章。斗斛：量粮的两种器具。权衡：秤。权，秤锤；衡，秤杆。

〔5〕剖斗折衡：毁掉衡量器具。

〔6〕清静：老子的主张，意是"无为而治"；寂灭：佛家的主张，意是"不生不灭"。

〔7〕三代：指夏、商、周三个朝代。禹、汤、文、武：指夏禹王、商汤王、周文王和武王。周公：姓姬，名旦，周文王的儿子。助周武王灭殷建周，制礼作乐，被儒家尊为圣人。

〔8〕帝：指唐尧和虞舜的称号。王：指禹、汤、文、武的称号。

〔9〕曷不：何不，为什么不。

〔10〕夷礼：外族的礼仪。

〔11〕中国：指中原地区的诸侯国。

〔12〕经：此指《论语》。夷狄：古代对外族的通称。诸夏：指中原各诸侯国。

〔13〕戎：指古代西部地区的少数民族。荆舒：泛指古代南部地区的民族。

夏禹

〔14〕郊：祭天的礼。假：通"格"，到来、降临的意思。庙：宗庙。这里指祭祖。人鬼：人间的鬼，指祖先。飨：通"享"。

〔15〕荀：荀况，战国时期的思想家、教育家。著有《荀子》。扬：扬雄，字子云，西汉哲学家、文学家、语言学家。著有《法言》、《太玄》、《方言》。

〔16〕鳏寡孤独：《孟子·梁惠王下》说："老而无妻曰鳏，老而无夫曰寡，老而无子曰独，幼而无父曰孤。"

【译文】

广泛的爱叫做仁，联系实际去实行仁就是义，顺着仁义之道上进便是道，内心充满仁义而无欲于外人就叫德。仁与义是有确切含义的名称，道与德是没有实际内容的名称。因此道有君子之道与小人之道，而德有吉德与凶德。老子轻视仁义，并非诽谤仁义，而是他目光短浅。如坐井观天说天小一样，其实天并不小啊！他把待人温顺看作仁，小恩小惠看作义，那么，他小看仁义是必然的了。他说的道，讲了他的道，并不是我说的道。他说的德，讲了他的德，并不是我说的德。凡是我阐述的道德，是与仁义一致的理论，是天下的公论。老子阐述的道德，是背离仁义而讲的，是他个人的见解。

周朝的礼制衰落，孔子死后，儒家书籍被秦始皇烧毁，黄、老之学盛行汉代，佛教盛行于晋、魏、梁、隋之间。这期间那些讲道德仁义的人，不是加入杨朱学派，就是加入墨翟学派；不加入道教，便加入佛教。加入那一派，必须排斥这一派。被信奉的尊为主宰，被排斥的贱做奴仆；尊奉的就附和它，排斥的就诋毁它。唉！后代的人要想了解仁义道德的学说，应该听从哪一派的学说呢？道家信徒讲："孔子，是我们祖师的徒弟。"佛教信徒讲："孔子，是我们祖师的弟子。"信奉孔子学说的人，听惯了这些话，乐于听信他们的荒唐话而自轻自贱，也说"我们的祖师也曾经以老、佛为师"的话。不仅口讲，而且还把这些话写进书里。唉！后代的人虽然想了解仁义道德的学说，可向谁去求教呢？人们喜欢奇谈怪论的风气太严重了！不找它的本源，不问它的结果，只愿听怪诞的说法。

古时候百姓分为士、农、工、商四种，现在又加上僧、佛成为六种；古时候施行教化任务的只占其中之一，如今占其中之三。务农的有一家，而吃粮的却有六家；做工匠只有一家，而使用器皿的却有六家；经商的一家，而花钱的却有六家。老百姓又怎么能不贫困而沦为盗贼呢！远古时候，人民的灾难多极了。有圣人出现，教给他们互相依附、共同生存的本领。做他们的君主，做他们的导师，统领他们驱逐虫、蛇、禽、兽而让他们定居中原。冷了教他们做衣服，饥了教他们种庄稼；看到他们住在树上

商汤

常常掉下来，住在野地容易生病，就教他们造了房屋。教他们做工，以使他们有器具用；教他们经商，使他们能互通有无；教他们问医求药，帮助他们不至于早亡；教他们葬埋死者、祭祀先人，以延长他们之间的恩爱；给他们制定礼仪，使他们懂得贵贱老幼的秩序；为他们创造音乐，来抒发他们心中的忧郁之情；给他们制定政令，来约束他们的懒散；给他们设立刑法，来除去他们之中的凶狠顽固者。有欺骗行为，就给他们制定符玺、斗斛、权衡来使他们诚信；有争夺现象，就给他们设城郭、军队来保卫他们。灾害来了使他们早有准备，祸患发生了要使他们进行预防。现今道家说："圣人不死，盗贼就不会终止。破了斗，折了秤，百姓就不会互相争夺了。"唉！这不过是懒得动脑罢了！假如古代没有圣人，人类早已灭亡了。为什么呢？因为人类没有羽毛鳞甲来抵御寒冷与炎热，没有尖爪利牙来猎取食物啊！

所以，君王是发号施令的，臣僚是向民众传达命令的；民众是生产粮、麻、丝，制作器皿，交流财物，来供养君主和百官的。君王不发令，则丧失了君王的资格；臣僚不将君王的命令传达给民众，则丧失了做臣僚的资格；民众不生产粮、麻、丝，制作器皿，交流财物，以供奉君主长官的，就要受到惩罚。如今佛、道二教的法则说："必须抛弃你们的君臣，远离你们的父子，停止你们相互依存的办法，来求得所谓的清静无欲的境界。"唉！这些佛、道之徒也幸亏生在夏、商、周三代之后，没有被禹、汤、文王、武王、周公、孔子等圣人所贬斥。他们没有出生在三代以前正是他们的不幸，未能受到圣人的指正。

帝与王，名称虽不同，他们在圣明这一点上是一样。夏天穿葛布衣裳，冬天穿毛皮衣服，渴了喝水，饥了吃饭，行为方式不一，这些都是人类智慧的表现。现今他们说道："为什么不学习上古的清静无为？"这也就像责备冬天穿皮衣的人说："为什么不穿轻便的葛布衣服呢？"责备饿了吃饭的人说："为什么饮水简便，却不去饮呢？"《礼记·大学》篇说："古代想要把完美的德性昭示、阐明于天下的人，就先要治理好自己的国家；想要治理好国家，就先要整顿自己的家族；想要治理好自己的家族，就先要修养自己本身；想要进行自身修养，就先要端正自己的内心；想要端正自己内心，就先要使自己确立诚实而坚定的意念。"那么，古代所讲的端正思想而又确定诚心诚意的人，目的是要有所作为。现今那些想要修养其心的人，却不顾天下国家，毁弃了伦理纲常。儿子不孝顺父亲，臣僚不忠于君主，民众不做其该做的事。孔子写《春秋》，诸侯中有用异族礼义风俗的就把他当做异族记载，有效法中国礼仪风俗的就把他当作中国。《论语》篇说："异族有君主，也不如中原各诸侯国没有君主。"《诗经》说："抗拒左右戎狄，打击荆舒。"现今却把异族的佛法，置于先王教导之上，这几乎大家不全都变为夷狄了吗？

先王教导到底是什么呢？广泛地爱大众叫做仁，联系实际实行仁叫做义，顺着仁义之路上进便是道，自己心里充满仁义而无欲于外人，就叫德。圣人的著作有《诗》、《易》、《春秋》；圣人的办法是制礼、作乐、定刑、施政；圣人的百姓是士、农、工、商；圣人确立的人伦位次为君臣、父子、师友、宾主、昆弟、夫妇；圣人教百姓穿麻布、丝绸衣服，住房屋，吃粟、米、果、蔬、鱼、肉。他们传布的道理简单明了，用它教化天下容易施行。因此，用它修养自身，则顺利而吉祥；用它对待别人，就博爱而公正；用它陶冶心灵，就和穆而端正；用它治理天下，就没有不适当的地方。所以活着情满意足，死时得以善终；祭祀天神而天神降临，祭祖宗而祖宗享供。若有人问："这种道，是什么道呢？"答曰："这是我说的道，不是前面说的老、佛之道。"尧将此道传给舜，舜将此道传给禹，禹将此道传给汤，汤将此道传给文王、武王和周公，文王、武王和周公又传给孔子，孔子传给孟轲；孟轲死后，没有再传了。荀况与扬雄，选择得不精确，论述得不周详。自周公以上，都身居上位为君主，所以他们的措施能顺利推行；自周公以下，都身处下位为臣子，所以他们传播王道的言论能长久流传。既然如此，怎么去做才可以呢？我以为："不堵塞佛、道邪说，圣人之道便不能畅流；不禁止佛、道邪说，先王之教便不能通行。应让和尚、道士还俗，烧毁佛、道书籍，改庵观寺院为民房，昌明先王之道来教导他们。使鳏寡孤独残废及病人都得到照顾和抚养。这样做也差不多或许可以了吧！"

原　毁

【题解】
　　原毁的意思是探求产生毁谤的根源。作者以儒家的道德观点为依据，比较了"古之君子"和"今之君子"待人待己的两种迥然不同的态度，分析了"事修而谤兴，德高而毁来"的思想根源在于懒惰和嫉妒。高度赞扬了严以律己、宽以待人的"古之君子",有力地抨击了惯于"怠"与"忌"、好说别人坏话的"今之君子",呼吁社会改变这种妒贤嫉能的恶劣风气。作者写本文既是对不良社会风气的遣责,又是为自己受压抑鸣不平。本文较多地动用了对比的手法,古今、人己、毁誉,十分鲜明。

【原文】

古之君子,其责己也重以周,其待人也轻以约。重以周,故不怠;轻以约,故人乐为善。闻古之人有舜者,其为人也,仁义人也。求其所以为舜者,责于己曰:"彼人也,予人也。彼能是,而我乃不能是!"早夜以思,去其不如舜者,就其如舜者。闻古之人有周公者,其为人也,多才与艺人也。求其所以为周公者,责于己曰:"彼人也,予人也。彼能是,而我乃不能是!"早夜以思,去其不如周公者,就其如周公者。舜,大圣人也,后世无及焉;周公,大圣人也,后世无及焉。是人也,乃曰:"不如舜,不如周公,吾之病也。"是不亦责于身者,重以周乎!其于人也,曰:"彼人也,能有是,是足为良人矣;能善是,是足为艺人矣。"取其一,不责其二;即其新,不究其旧。恐恐然惟惧其人之不得为善之利。一善易修也,一艺易能也。其于人也,乃曰:"能有是,是亦足矣。"曰:"能善是,是亦足矣。"不亦待于人者,轻以约乎?

今之君子则不然。其责人也详,其待己也廉。详,故人难于为善;廉,故自取也少。己未有善,曰:"我善是,是亦足矣。"己未有能,曰:"我能是,是亦足矣。"外以欺于人,内以欺于心,未少有得而止矣。不亦待其身者已廉乎!其于人也,曰:"彼虽能是,其人不足称也;彼虽善是,其用不足称也。"举其一,不计其十;究其旧,不图其新。恐恐然惟惧其人之有闻也[1]。是不亦责于人者已详乎?夫是之谓不以众人待其身，而以圣人望于人，吾未见其尊己也。

虽然，为是者，有本有原，怠与忌之谓也。怠者不能修，而忌者畏人修。吾尝试之矣，尝试语于众曰：“某良士，某良士。”其应者，必其人之与也；不然，则其所疏远，不与同其利者也；不然，则其畏也。不若是，强者必怒于言，懦者必怒于色矣。又尝语于众曰：“某非良士，某非良士。”其不应者，必其人之与也；不然，则其所疏远，不与同其利者也；不然，则其畏也。不若是，强者必说于言，懦者必说于色矣。是故事修而谤兴，德高而毁来。呜呼！士之处此世，而望名誉之光，道德之行，难已！将有作于上者，得吾说而存之，其国家可几而理欤[2]！

【注释】

〔1〕闻（wèn）：名誉。
〔2〕几：庶几，差不多。

【译文】

从前的君子，他们要求自己是严格而全面的，他们对待别人宽容而简约。严格而全面，所以不懒惰；宽容而简约，所以别人乐于做好事。听说古时有一位叫舜的人，他的为人，是大仁大义的人。探求舜之所以成为舜的原因，责问自己：“他是个人，我也是个人。他能这样，而我为什么不能这样！”日夜思虑，克服自己不如舜的缺点，发扬与舜一样的长处。听说古时有一位叫周公的人，他的为人，是多才多艺的人。探求周公所以成为周公的原因，责问自己：“他是个人，我也是个人。他能这样，而我为什么不能这样！”日夜思虑，克服自己不如周公的缺点，发扬与周公一样的长处。舜是一位大圣人，后代没有人能赶上他；周公是一位大圣人，后代没有人能赶上他；这个人却说：“不如舜，不如周公，是我的严重缺点。”这不正是要求自己严格而全面吗！他对别人，却说：“那个人，能有如此品德，足可以称为贤良之人了；能擅长这样的技艺，足可以称为有才能的人了。”取他一个方面的长处，

周 公

而不去苛求他其他方面的短处；看重他现在的优点和成绩，而不追究他以往的缺点和错误。惶恐地担心他人得不到做善事的好处。一件善事易做，一种技艺易学。他对于别人，就说："能做这样的善事，也就足够了。"又说："能有这样的技艺，也就足够了。"这不正是对别人宽容而简约吗？

现今的君子却截然不同了。他们对人求全责备，对己却要求很低。求全责备，所以别人难以做善事；要求很低，所以自己收益就少。自己没有什么长处，居然说："我这方面很好，也就足够了。"自己没有什么技能，竟然说："我做到这样，也就足够了。"对外以此欺骗别人，对内以此欺骗自己，还没有取得一点成绩就停止不前了。这不正是对自己的要求太低了吗！他对别人，却说："他虽能够这样，他的为人却是不值得称赞的；他虽擅长这种技艺，他的作用却是不足挂齿的。"列举他一个缺点，而不计他的许多优点；追究人家过去的不足，不考虑人家新的进步。惶恐地害怕他人获得好名声。这不正是要求别人得太周全了吗？这就叫做不以大家的标准来要求自己，而以圣人的标准来要求别人，我看不出他这是在尊重自己啊！

虽然，如此做法的人是有其原由的，这原由就是懒惰与妒忌。懒惰的人是不求上进的，而妒忌的人又害怕别人上进。我曾试过，试着对众人说："某人是贤良之士，某人是贤之士。"那些赞同的人，一定是这人的好朋友；否则，就是跟他关系疏远没有利害关系的人；再不然，就是害怕他的人。如果不是这样，强暴的人必然愤怒地用言语来反驳，懦弱的人也会表现生气的脸色。又曾经对大众说："某人不是贤良之士，某人不是贤良之士。"那些不赞同的人，一定是他的朋友；否则，就是跟他关系疏远没有利害关系的人；再不然，就是害怕他的人。如果不是这样，强暴的人必然用言语来表达自己的喜悦，懦弱的人也会表现出高兴的脸色。因为这样，事情做好了而诽谤产生了，道德高尚而诋毁兴起了。唉！读书人处于这种时代，期望名誉光大，道德流行，太难了！居高位而想要有所作为的人，听到我的话而能够采纳的，大概国家可以得到治理了吧！

获　麟　解

【题解】
　　本文是篇托物寓意的文章。文中通过对麟的述说，委婉地表达了对封建社会里人才不被赏识和理解的感慨，以及对"圣明之主"的幻想。

【原文】

麟之为灵昭昭也，咏于《诗》，书于《春秋》，杂出于传记、百家之书。虽妇人小子，皆知其为祥也。

然麟之为物，不畜于家，不恒有于天下；其为形也不类，非若马、牛、犬、豕、豺、狼、麋、鹿然。然则虽有麟，不可知其为麟也。角者，吾知其为牛，鬣者，吾知其为马，犬豕豺狼麋鹿吾知其为犬、豕、豺、狼、麋鹿，惟麟也不可知。不可知，则其谓之不祥也亦宜。

虽然，麟之出，必有圣人在乎位，麟为圣人出也。圣人者，必知麟。麟之果不为不祥也。

又曰：麟之所以为麟者，以德不以形。若麟之出，不待圣人，则谓之不祥也亦宜。

【译文】

麒麟作为一种灵异动物是十分清楚的，《诗经》中歌咏，《春秋》中记载，散见于历史传记及诸子百家的书中。即使是妇女儿童，也知道它是吉祥的动物。

然而麒麟作为动物，不养在家里，天下也不常有；它的形状不伦不类，不像牛、马、猪、狗、豺、狼、麋、鹿那样。既是这样，虽有麒麟，人们也不认得它就是麒麟。长角的我们认得它是牛，长鬣毛的我们认得它是马，猪、狗、豺、狼、麋、鹿，我们认得它们是猪、狗、豺、狼、麋、鹿，只有麒麟不能辨认出来。既认不出，人们说它是不祥之物也是自然的了。

虽然这样，但麒麟的出现，一定有圣人临朝掌权，因为麒麟是为圣人才出现的。圣人是必定认得麒麟的。麒麟果真不是不祥之物啊！

我又认为：麒麟之所以为麒麟，是以它的德性而不是以它的形状。假如麒麟的出现，没有等待圣人在位，那么说它是不祥之物也是应该的。

杂　说　一

唐宋八大家散文

【题解】

《韩昌黎集》中共有杂说四篇，这是其中的第一篇，又称为《龙说》。"杂说"是一种随感性的议论文，内容、形式都较为活泼。本文以云龙作比喻，寓意深刻。清人李光地认为"此篇取类至深，寄托至广"。其主旨大概是借龙能创造出自己所凭借依赖的东西，勉励有志之士要努力为自己创造出可以施展抱负才能的良好条件。

【原文】

　　龙嘘气成云，云固弗灵于龙也。然龙乘是气，茫洋穷乎玄间，薄日月，伏光景，感震电，神变化，水下土，汩陵谷。云亦灵怪矣哉！

　　云，龙之所能使为灵也。若龙之灵，则非云之所能使为灵也。然龙弗得云，无以神其灵矣。失其所凭依，信不可欤？异哉！其所凭依，乃其所自为也。《易》曰："云从龙[1]。"既曰龙，云从之矣。

【注释】

〔1〕《易》：《易经》，中国古代一部占筮用的书。云从龙：语出《易经·乾》卦。

【译文】

　　龙吐气成云，云本来比不上龙神灵。可是龙乘着这云气，飞游于浩茫无极的太空，逼近日月，遮蔽光芒，触撼雷电，变化神奇，雨注大地，水漫山谷，云也算得上灵异了啊！

　　云，是龙使它变成有灵的。像龙那样的神灵，就不是云能使它变成有灵的。然而龙得不到云，就没法显示它的神灵了。失去它所依靠的，真的不行吗？奇怪啊！它所依靠的，正是它制造的。《易经》中说："云随着龙。"既然是龙，云必然跟着它了。

杂 说 四

唐宋八大家散文

【题解】

本文系《杂说》的第四篇，后人亦题为《马说》。这是一篇托物寓意之作，作者借千里马不被人所识来比喻奇才异能之士沉沦下僚，慨叹封建统治者不能加以识别和任用。同时，也抒发自己怀才不遇，受到压抑和委屈、郁郁不得志的思想感情。

【原文】

世有伯乐，然后有千里马[1]。千里马常有，而伯乐不常有。故虽有名马，祇辱于奴隶人之手，骈死于槽枥之间，不以千里称也[2]。

马之千里者，一食或尽粟一石，食马者不知其能千里而食也。是马也，虽有千里之能，食不饱，力不足，才美不外见，且欲与常马等不可得。安求其能千里也？策之不以其道，食之不能尽其材，鸣之而不能通其意。执策而临之曰："天下无马。"呜呼！其真无马邪？其真不知马也？

【注释】

〔1〕伯乐：姓孙，名阳，春秋秦穆公时人，以善相马著名。事见《庄子·马蹄》和《列子·说符》。

〔2〕骈（pián）：并列、一同。骈死：谓和普通马一起并相老死。槽：喂马的器具。枥：马棚。

伯乐相马

【译文】

世上有了伯乐，然后才有千里马。千里马常有，而善相马的伯乐却不常有。所以虽然有好马，也不过是在马夫手里受屈辱，和普通的马一块儿老死在马厩里，而不能以日行千里著称于世。

有日行千里之马，一顿有时要吃一石米，喂马的人不了解它能日行千里而与普通马一样喂养它。这样的马，虽有日行千里的能力，可吃不饱，力量不足，特长不能表现出来，想和平常的马一样表现尚且做不到，怎么可以要求它日行千里呢？驾驭使用它又不依据它的特性，喂养它又不能让它吃饱，吆喝驱赶它又不懂得它的心思。手拿马鞭对它叹息："天下无好马。"唉！是确实无好马呢，还是实在不认识好马呢？

师　说

【题解】

　　这是阐述从师之道的一篇文章，主要论点是"学者必有师"，"道之所存，师之所存"，强调老师的作用和从师的重要性。韩愈提出师道在于"传道、授业、解惑"，主张不拘年龄、地位，向比自己有专长的人学习。他又说"巫医药师百工之人，不耻相师"，"师不必贤于弟子"，要求士大夫都能这样。这种看法表明了他不同于世俗的态度，在当时是进步的，对后代也有启发和借鉴作用。当然他实际上也表现出对巫医药师百工之人的轻视。

　　说，是议论文的一种。

【原文】

　　　　古之学者必有师。师者，所以传道受业解惑也。人非生而知之者，熟能无惑？惑而不从师，其为惑也，终不解矣。生乎吾前，其闻道也，固先乎吾，吾从而师之；生乎吾后，其闻道也，亦先乎吾，吾从而师之。吾师道也，夫庸知其年之先后生于吾乎[1]？是故无贵无贱，无长无少，道之所存，师之所存也。

　　　　嗟乎！师道之不传也久矣，欲人之无惑也难矣[2]。古之圣人，其出人也远矣，犹且从师而问焉；今之众人，其下圣人也亦远矣，而耻学于师。是故圣益圣，愚益愚。圣人之所以为圣，愚人之所以为愚，其皆出于此乎？爱其子，择师而教之；于其身也，则耻师焉，惑矣。彼童子之师，授之书而习其句读者也，非吾所谓传其道、解其惑者也。句读之不知，惑之不解，或师焉，或不焉，小学而大遗，吾未见其明也。巫、医、乐师、百工之人，不耻相师[3]。士大夫之族，曰师曰弟子云者，则群聚而笑之。问之，则曰："彼与彼年相若也，道相似也。"位卑则足羞，官盛则近谀。呜呼！师道之不复可知矣。巫、医、乐师、百工之人，君子不齿。今其智乃反不能及，其可怪也欤！

圣人无常师[4]。孔子师郯子、苌弘、师襄、老聃[5]。郯子之徒，其贤不及孔子。孔子曰："三人行，则必有我师。"是故弟子不必不如师，师不必贤于弟子。闻道有先后，术业有专攻，如是而已。

李氏子蟠，年十七，好古文，六艺经传皆通习之，不拘于时，学于余[6]。余嘉其能行古道，作《师说》以贻之。

【注释】

〔1〕庸知：不需知，哪里管。
〔2〕师道：从师学习的风尚。
〔3〕相师：相互为师，互相学习。
〔4〕常师：固定的老师。
〔5〕郯（tán）子：春秋时郯国（山东郯城）的国君。孔子曾向他请教过少皞（hào）氏时代的官职名称。事见《左传·昭公十七年》。苌弘：春秋时周敬王的大夫。孔子至周，曾向他学习弹琴。事见《孔子家语·观周》。师襄：周太师（乐官）。孔子曾向他学习弹琴。事见《史记·孔子世家》。老聃（dān）：姓李，名耳，字聃，即老子。春秋时楚国人，曾作过周守藏室的史官。孔子至周，曾向他请教周礼。事见《孔子家语·观周》。
〔6〕六艺经传：六经的经文和传文。六经，指《诗》、《书》、《礼》、《乐》、《易》、《春秋》。传，释经的著作。

【译文】

古时候求学问的人一定要有老师。老师，是靠他来给学生传授道理、教授学业、解释疑难问题的。人不是生下来就懂得道理和知识的，谁能没有疑难呢？既然有疑难却不跟老师学，那些成为疑难问题的，就始终得不到解决了。生在我前面的人，他懂得道理本来比我早，我就虚心跟着他，拜他为师；生在我后面的人，如果他懂得道理也比我早，我也虚心地跟着他，拜他为老师。我是为了学得知识啊，那又哪管他生的年代在我的前面或后面呢？因此，无论他地位高低，无论他年岁大小，道理和知识在谁那儿，谁就是我的老师。

唉！从师求学的风尚已经很久不流传了！当然想要人没有疑惑也就很难了！古代的圣人，他们的水平远远超过一般人，尚且跟着老师虚心求教；现在的一般人，他们的水平远远低于那些圣人，却以从师求学为耻。因此，圣人就更加圣明，愚人就更加愚昧。圣人之所以成为圣人，愚人之所以成为愚

孔　子

人，这大概都是出于这种原因吧？有人爱他的孩子，就选择个好老师去教他；但对他自己呢，却以从师求学为羞耻，这真糊涂啊！那些教孩子的老师，教给他们读书并帮他们学习其中的字句知识的，还不是我前面所说的给人传授道理、解除疑难的老师。一个是不懂得句读，一个是不能解决疑难，前者向老师请教，后者却不向老师请教；小的方面学习而大的方面却丢弃不学，我看不出他明白这个道理。巫医、乐师、各种工匠，他们还不以互相学习为耻。而士大夫之类，一听到称"老师"称"弟子"等等的话，就凑在一块议论耻笑人家。问他们为什么要这样，就说什么："某人和某人年龄差不多，学问知识也很相近嘛！以地位低的人为老师，就实在羞耻；以官职高的人为老师，就近乎巴结。"唉！从师求学的风尚不容易恢复，从这就可想而知了。那些巫医、乐师、各种工匠，本是上流人物所瞧不起的，可现在"君子"的智慧竟反而不如他们，这真是很奇怪的现象啊！

那些圣人都没有固定的老师。例如孔子就曾经向郑子、苌弘、师襄、老聃请教过。像郑子这些人，他们的品德才智都不如孔子。孔子说过："三人同行，其中就一定有可以当我老师的人。"所以说，学生不一定不如老师，老师也不一定样样都比学生强，这是因为掌握知识有早有晚，学术技能各有各的专门研究，就是这个道理罢了。

李家的孩子叫蟠的，十七岁，喜欢古文，六经的经文和传文都普遍地学习过，而且不受时俗的限制，跟着我求学。我赞许他能实行古人从师的正道，写下这篇《师说》来赠送给他。

祭十二郎文

【题解】

　　十二郎名老成，是韩愈的二哥韩介的次子。韩愈的大哥韩会没有儿子，便以十二郎为嗣子。韩愈三岁丧父，由大哥韩会和大嫂郑氏抚养长大，从小就和老成生活在一起，两人感情深厚。后来韩愈的大哥、大嫂、二哥以及二哥的长子百川都相继去世，只剩下韩愈和老成。韩愈又因长期宦游在外，叔侄俩异地难聚。正当韩愈做了监察御史、情况好转、筹划与侄儿久相共处之计时，突然传来十二郎去世的噩耗。韩愈悲痛万分，写下了这篇凄楚动人的祭文。文章诉说幼年相依、形单影只的孤苦，成年后几经离合、不能相顾的缺陷，未老先衰的感慨，生离死别的痛苦，以及对死者身后事务的安排等，表达了作者深挚的骨肉之情和对宦海浮沉的人生感叹。文章用纯净的散文语言自由表达，洋洋千言，抒写尽致。叙事和抒情紧密结合，融而为一，情注笔端，情至笔随，字字句句皆从肺腑中自然流出，如泣如诉，感人至深。

【原文】

　　年、月、日，季父愈闻汝丧之七日，乃能衔哀致诚，使建中远具时羞之奠，告汝十二郎之灵[1]。

　　呜呼！吾少孤，及长，不省所怙，惟兄嫂是依。中年兄殁南方，吾与汝俱幼，从嫂归葬河阳。既又与汝就食江南。零丁孤苦，未尝一日相离也。吾上有三兄，皆不幸早世。承先人后者，在孙惟汝，在子惟吾，两世一身，形单影只。嫂尝抚汝指吾而言曰："韩氏两世，惟此而已！"汝时尤小，当不复记忆。吾时虽能记忆，亦未知其言之悲也！

　　吾年十九，始来京城。其后四年，而归视汝。又四年，吾往河阳省坟墓，遇汝从嫂丧来葬。又二年，吾佐董丞相于汴州，汝来省吾，止一岁，请归取其孥。明年，丞相薨，吾去汴州，汝不果来。是年，吾佐戎徐州，使取汝者始行，吾又罢去，汝又不果来。吾念，汝从于东，东亦客也，不可以久，图久远者，莫如西归，将成家而致汝。呜呼！孰谓汝遽去吾而殁乎？

吾与汝俱少年，以为虽暂相别，终当久相与处，故舍汝而旅食京师，以求斗斛之禄。诚知其如此，虽万乘之公相，吾不以一日辍汝而就也！

去年，孟东野往，吾书与汝曰："吾年未四十，而视茫茫，而发苍苍，而齿牙动摇。念诸父与诸兄，皆康强而早世，如吾之衰者，其能久存乎？吾不可去，汝不肯来，恐旦暮死，而汝抱无涯之戚也。"孰谓少者殁而长者存，强者夭而病者全乎？

呜呼！其信然邪？其梦邪？其传之非其真邪？信也，吾兄之盛德而夭其嗣乎？汝之纯明而不克蒙其泽乎？少者强者而夭殁，长者衰者而存全乎？未以为可信也。梦也，传之非其真也，东野之书，耿兰之报〔2〕，何为而在吾侧也？呜呼！其信然矣！吾兄之盛德而夭其嗣矣，汝之纯明宜业其家者，不克蒙其泽矣！所谓天者诚难测，而神者诚难明矣！所谓理者不可推，而寿者不可知矣！

虽然，吾自今年来，苍苍者或化而为白矣，动摇者，或脱而落矣。毛血日益衰，志气日益微，几何不从汝而死也。死而有知，其几何离；其无知，悲不几时，而不悲者无穷期矣！

汝之子始十岁，吾之子始五岁，少而强者不可保，如此孩提者，又可冀其成立邪？呜呼哀哉！呜呼哀哉！

汝去年书云："比得软脚病，往往而剧〔3〕。"吾曰："是疾也，江南之人，常常有之。"未始以为忧也。呜呼！其竟以此而殒其生乎？抑别有疾而致斯乎？

汝之书，六月十七日也。东野云，汝殁以六月二日；耿兰之报无月日。盖东野之使者，不知问家人以月日；如耿兰之报，不知当言月日。东野与吾书，乃问使者，使者妄称以应之耳。其然乎？其不然乎？

今吾使建中祭汝，吊汝之孤与汝之乳母。彼有食可守，以待终丧，则待终丧而取以来；如不能守以终丧，则遂取以来。其余奴婢，并令守汝丧。吾力能改葬，终葬汝于先人之兆，然后惟其所愿[4]。

呜呼！汝病吾不知时，汝殁吾不知日，生不能相养以共居，殁不能抚汝以尽哀，敛不凭其棺，窆不临其穴[5]。吾行负神明，而使汝夭，不孝不慈，而不得与汝相养以生，相守以死。一在天之涯，一在地之角，生而影不与吾形相依，死而魂不与吾梦相接，吾实为之，其又何尤？"彼苍者天"，"曷其有极！"自今以往，吾其无意于人世矣！当求数顷之田于伊、颍之上，以待余年[6]。教吾子与汝子，幸其成；长吾女与汝女，待其嫁，如此而已。

呜呼！言有穷而情不可终，汝其知也邪？其不知也邪？呜呼哀哉！尚飨[7]。

【注释】

〔1〕季父：最小的叔父。建中：韩愈派往祭十二郎的家人。
〔2〕东野：孟东野。耿兰：人名，十二郎的家人。
〔3〕比：近来。
〔4〕兆：墓地。
〔5〕窆（biǎn）：下葬，安葬。
〔6〕伊、颍：指伊河和颍水。
〔7〕尚飨：希望死者能享用祭品。

【译文】

贞元十九年五月二十六日，叔父我听到你去逝消息的第七天，才能忍痛含悲向你倾诉衷肠，派建中从远道送来时鲜食物的供品，祭告你十二郎的灵魂。

唉！我从小成为孤儿，等到长大，早不记得父亲的样子，只有依靠兄嫂抚养。哥哥中年死于南方任所，我和你还小，跟随嫂嫂回到故乡河阳安葬我的哥哥。后来又和你一块儿到江南谋生。你我二人，孤苦伶仃，没有分离过一天。我上边有三个哥哥，都不幸早亡。作为祖先的后代，在孙子

辈中只有你一个人，在儿子辈中只有我一个，两代都是一个人，形影如此孤单！嫂嫂曾抚摸着你对我说："韩家两代，只有你们两个了。"你当时还很小，当然不会记得。我当时虽能记得，可也不懂得她所说的悲哀啊！

我十九岁时，才到京城。此后第四年，回去看望了你。又过了四年，我去河阳扫墓，遇着你送嫂嫂的灵柩来安葬。又过了两年，我在汴州辅助董丞相，你来看望我，只住了一年，要回去接家眷。第二年，董丞相去世，我去汴州，你没来成。这一年，我在徐州协理军务，派去接你的人刚走，我又离职，结果你又没来成。我考虑你随我去东边，东边也是客居，不可能长久住下去。考虑作长远打算，还不如回西边，打算安好家后接你来。唉！谁想到你会这么突然地离开我而死去呢？

我和你都还年轻，认为虽暂时分别，终归要长久住在一起的，所以我离开你而去京城谋生，以便求得微薄的俸禄。假如确实知道事情会变成这样，即使是让我当高官领厚禄，我也不会离开你一天而去就职！

去年，孟东野去的时候，我写了信带给你，信中说："我不到四十岁，却视力模糊，头发花白，牙齿松动。想起父辈与兄长，都是身强体壮而过早去世，像我这样衰弱的人，还能活多久呢？我不能到你那里去，你又不肯到我这里来，担心早晚有一天我会死去，你就要长怀无穷的悲哀了。"谁能想到今日却是年少的死了而年长的活着，强壮的夭亡而病弱的生存着。

唉！这是现实呢？还是梦呢？还是消息不真实呢？如果这是真的，我哥哥有高尚的德行，而他儿子怎么会短命呢？你纯真聪明，却不能承受他的德泽吗？年轻的、强壮的早逝，年长的、衰弱的却存全吗？不能认为这是真的。是做梦，是消息不真实，那么东野的信，耿兰的丧报，为何在我身边呢？唉！可能是真实的了！我哥哥有高尚的德行而他儿子短命了，你有纯真聪明的品质应继承他的家业的，如今却不能蒙受他的德泽了！所以说天命确实难以估测，而神意确实难以明白啊！所说的常理不能断定，而寿命也不能知晓啊！

虽是这样，我从今年以来，花白的头发有的变成全白了，松动的牙齿有的脱落了。毛发血脉一天天枯衰，神志精神一天天减少，还能有几天不跟着你死去呢！死后若有知觉，那么现在的分离又能有几天呢！若无知

唐宋八大家散文

觉，悲痛也就不会有多久，而没有悲痛的时间就没有穷期了。

你的儿子才十岁，我的儿子才五岁，年轻而强壮的不能保全，像这样的小孩子，还能希望他长大成人吗？唉！伤心啊！唉！伤心啊！

你去年来信说："近来得了软脚病，常犯病，而且很厉害。"我认为这种病是江南人常常有的，没有把它当作可忧虑的事，唉！难道你竟是因此病而丧了你的命吗？还是有别的病使你得到这样的遭遇呢？

你的来信，是六月十七日写的。东野说，你是六月二日死的；耿兰的丧报没有日月。可能是东野派去的人不知道向家中的人问明日期。至于耿兰的丧报，是不懂得应该说清死期。东野写信的时候，大概才问使者，使者就胡乱说了一个你死的日期来应付罢了。是这样？还是不是这样？

现在我派建中去祭你，吊慰你的遗孤和你的乳母。他们有吃的，可以守灵到丧期结束，就等到丧期满再将他们接来；如果不能守灵到丧期满，就马上接他们来。其余的奴婢，都叫为你守丧。我如果有力量能为你迁葬，最终要把你安葬在祖坟地。然后，根据奴婢们的意愿，随他们是去还是留。

唉！你生病我不知道时间，你去世我不知道日期，活着我不能照管你和你共同居住，死时我又不能抚你遗体而倾诉衷肠，以泄心中悲哀，入殓时不能凭吊你的灵柩，安葬时不能亲临你的墓穴。我的行为有负于神灵，而使你夭亡，我不孝不慈，不能与你互相照顾着生活，伴守以待终。一个在天边，一个在地角，活着的时候你的身影不同我的形体相依随，死了以后你的魂灵又不与我的梦境相接触，我自己造成了这情况，又有什么可怨恨的呢？那苍茫老天，悲痛哪有尽头！从今以后，我对人世再没有什么留恋了！还是回家，在伊水、颍水之畔买几顷地，以度余年。教养我的儿子与你的儿子，希望他们成长；教养我的女儿与你的女儿，等待她们出嫁，就这样了。

唉！话有说完的时候而情思不能终结，你知道吗？还是不知道呢？唉！伤心啊！请享用这些供品吧！

柳子厚墓志铭

【题解】

　　韩愈和柳宗元同为中唐古文运动的倡导者，两人交谊深厚。柳宗元于元和十四年（819）冬去世后，韩愈写了几篇哀悼纪念文章，此为其中之一。本文除概述柳宗元的家世和生平事迹外，着重论述了他的人品政绩和文学成就。文中充分肯定其才华、积极从政的态度和在柳州的政绩，深切同情其"材不为世用，道不行于时"的遭际，极力称赞其高尚品德，特别是对其"文学辞章"的成就予以高度评价。但由于政治见解的不同，作者对柳宗元早年参加王叔文倡导的政治改革活动颇有微词，认为是"不自贵重顾藉"，这种批评是不恰当的。墓志铭，埋入墓穴中的石刻文字，是古代的一种文体。一般包括两部分："志"记述死者的姓氏、家世、经历、卒葬年月及子孙等；"铭"是用韵语写的赞颂之辞。

【原文】

子厚，讳宗元。七世祖庆，为拓跋魏侍中，封济阳公[1]。曾伯祖奭，为唐宰相，与褚遂良、韩瑗，俱得罪武后，死高宗朝[2]。皇考讳镇，以事母弃太常博士，求为县令江南[3]。其后以不能媚权贵，失御史；权贵人死，乃复拜侍御史。号为刚直，所与游，皆当世名人。

子厚少精敏，无不通达。逮其父时，虽少年，已自成人，能取进士第，崭然见头角，众谓柳氏有子矣。其后以博学宏词，授集贤殿正字[4]。俊杰廉悍，议论证据今古，出入经史百子，踔厉风发，率常屈其座人，名声大振，一时皆慕与之交。诸公要人争欲令出我门下，交口荐誉之。

贞元十九年，由蓝田尉拜监察御史[5]。顺宗即位，拜礼部员外郎。遇用事者得罪，例出为刺史[6]。未至，又例贬州司马[7]。居闲益自刻苦，务记览，为词章泛滥停蓄，为深博无涯涘，而自肆于山水间。

元和中，尝例召至京师，又偕出为刺史，而子厚得柳州[8]。既至，叹曰："是岂不足为政邪[9]？"因其土俗，为设教禁，州人顺赖。其俗以男女质钱，约不时赎，子本相侔，则没为奴婢。子厚与设方计，悉令赎归。其尤贫力不能者，令书其佣，足相当，则使归其质。观察使下其法于他州，比一岁，免而归者且千人。衡湘以南，为进士者，皆以子厚为师。其经承子厚口讲指画为文词者，悉有法度可观。

其召至京师而复为刺史也，中山刘梦得禹锡亦在遣中，当诣播州〔10〕。子厚泣曰："播州非人所居，而梦得亲在堂，吾不忍梦得之穷，无辞以白其大夫，且万无母子俱往理。"请于朝，将拜疏，愿以柳易播，虽重得罪，死不恨。遇有以梦得事白上者，梦得于是改刺连州〔11〕。呜呼！士穷乃见节义。今夫平居里巷相慕悦，酒食游戏相征逐，诩诩强笑语以相取下，握手出肺肝相示，指天日涕泣，誓生死不相背负，真若可信。一旦临小利害，仅如毛发比，反眼若不相识，落陷阱，不一引手救，反挤之，又下石焉者，皆是也。此宜禽兽夷狄所不忍为，而其人自视以为得计。闻子厚之风，亦可以少愧矣。

子厚前时少年，勇于为人，不自贵重顾藉，谓功业可立就，故坐废退。既退，又无相知有气力得位者推挽，故卒死于穷裔，材不为世用，道不行于时也。使子厚在台省时，自持其身，已能如司马、刺史时，亦自不斥。斥时有人力能举之，且必复用不穷。然子厚斥不久，穷不极，虽有出于人，其文学辞章，必不能自力以致必传于后如今，无疑也。虽使子厚得所愿，为将相于一时，以彼易此，孰得孰失，必有能辨之者。

子厚以元和十四年十一月八日卒，年四十七。以十五年七月十日，归葬万年先人墓侧。子厚有子男二人：长曰周六，始四岁；季曰周七，子厚卒乃生。女子二人，皆幼。其得归葬也，费皆出观察使河东裴君行立〔12〕。行立有节概，重然诺，与子厚结交，子厚亦为之尽，竟赖其力。葬子厚于万年之墓者，舅弟卢遵。遵，涿人，性谨慎，学问不厌。自子厚之斥，遵从而家焉，逮其死不去。既往葬子厚，又将经纪其家，庶几有始终者。

铭曰：是惟子厚之室，既固既安，以利其嗣人。

【注释】

〔1〕"七世祖庆"句：按柳庆曾任北魏侍中，入北周。他的儿子柳且为北周中书侍郎，被封为济阴公，并非柳庆封济阴公。拓跋魏：指南北朝时的北魏。鲜卑族，姓拓跋，故称"拓跋魏"。侍中：官名。秦置。是宰相的属员。魏晋以后相当于宰相。

〔2〕曾伯祖奭（shì）：柳奭，字子燕，唐中书令。武后时，为许敬宗、李义府等诬陷，被杀。按柳奭是柳宗元的高伯祖。褚遂良：字登善，唐钱塘（浙江杭州）人。官至尚书右仆射。因劝阻唐高宗立武则天为皇后，被贬斥，忧愤而死。韩瑗：字伯玉，京兆三原人。官至侍中，因救褚遂良遭贬。武后：名曌（zhào），唐高宗的皇后。高宗死后，曾自称帝，并改国号为"周"，在位十六年。中宗复位后，上尊号为则天大圣皇帝。

〔3〕皇考：旧时儿子对已死父亲的尊称。镇：柳宗元的父亲。太常博士：太常寺的属官，掌管礼仪祭祀和议定王公大臣的谥号。

〔4〕博学宏词：唐代科举制度中的一种，由吏部在进士中考选博学能文之士，录取后就授予官职。贞元十二年，柳宗元考中博学宏词科。集贤殿：集贤殿书院的省称。正字：官名。掌校勘图书、刊正文字的工作。

〔5〕蓝田：县名。今属陕西省。尉：官名。县官的助手，掌管全县的治安。监察御史：官名。属御史台的察院，掌监察百官、巡按州县、视察刑狱和纠正朝仪等职务。

〔6〕用事者：谓当权者，指王叔文。

〔7〕永州：唐时州名，治所在今湖南零陵。司马：刺史的属官。

〔8〕元和：唐宪宗年号。柳州：唐时州名，治所在今广西柳州。

〔9〕是：这里，指柳州。

〔10〕中山：古郡名，在今河北唐县、定县一带。刘梦得：名禹锡，唐东都洛阳人。德宗贞元年间进士，官至太子宾客、加检校礼部尚书。世称"刘宾客"。是唐著名的文学家、哲学家。著有《刘梦得文集》。播州：唐置州名。今贵州遵义。

〔11〕连州：治所在今广东连县。

〔12〕河东：郡名，治所在今山西永济县蒲州镇。裴君行立：裴行立，唐绛州稷山人。当时任桂管观察使。

【译文】

子厚，名宗元。他的七世祖柳庆，担任过北魏的侍中，封为济阴公。曾伯祖柳奭，做过唐朝的宰相，与褚遂良、韩瑗都因为得罪了武则天，在唐高宗时被害。父亲柳镇，因为要侍养他的母亲，放弃了太常博士的职务，请求到江南去做县令。此后因不能谄媚权贵，丢掉了御史之职。权贵之人死了，才又被任命为侍御史。他刚毅正直是有名的，同他交往的，都是当时的知名人士。

子厚小的时候就精明敏捷，学业事理没有不明白通晓的。当他父亲在世的时候，他虽然很年轻，却已独立成才，能够考中进士，突出的显露了才华，大家都说柳家有个好儿子。这以后又通过了博学宏词科考试，被任命为集贤殿正字。他才能出众，正直勇敢，发表议论时引古证今，运用经史和诸子百家的观点，见识高超，精神奋发，常使在座的人心悦诚服，由此名声大振，当时的人都敬慕他，同他交往。那些达官要人，争着要他做自己的门生，异口同声地推荐并赞誉他。

贞元十九年，他由蓝田县尉升任监察御史。顺宗继位后，改任礼部员外郎。碰上当权的出了事而受到牵连，照例被贬出去做刺史。还未到任，又被贬为永州司马。处于闲职，他便更加刻苦地读书写作，写的诗文，如汪洋泛滥，湖海蓄存，是那样深广而无拘无束，而自己则纵情于山水之间。

元和年间，他和同时被贬的人依例被召到京城，又一起被派到外地做刺史。子厚被派到柳州。到任以后，他叹息说："这里难道不能够得到很好的治理吗？"于是依据当地的风俗，为他们制定了教令与禁令，柳州的人民都顺从、信赖他。那里有个风俗习惯，常以人质抵押来借钱，约定期限不能按时赎还，只要利息和本钱相等，就将所抵押的人口充当奴婢。子厚给他想了个办法，让他们都把人质赎了回家。那些特别贫穷无力办到的，就责令债主记下被抵押为奴的人的工钱，等到工钱与借款相等了，就让债主归还人质。观察使将他的这个办法推广到其他州，过了一年，免为奴婢而回到家的将近千人。衡山、湘水以南打算考进士的，都拜子厚作老师。那些经过子厚当面讲授指点的，作文的章法都符合规范，值得观赏。

他被召到京都又被派出去做刺史时，中山人刘梦得名叫禹锡的也在被派人员之中，该去播州。子厚流着泪说："播州不是人住的地方，而梦得家中又有老母亲，我不忍心看到梦得这样困窘，使他没有恰当的话去安慰母亲，而且也万万没有母子一块被贬到荒远之地去的道理。"他准备向朝廷请求，并且准备向天子奏章，情愿用柳州刺史之职去换播州刺史之职，纵使再次获罪，也死而无怨。刚巧遇上有人将梦得的情况奏明朝廷，梦得因此被改任连州刺史。唉！人在困境中才表现出高尚的节操和道义。现今，有些人平时居住在里巷的时候，彼此爱慕喜悦，吃唱玩乐争着互相邀请，讨好假笑装出谦和的样子，握手言欢倾吐肺腑之言，指着苍天白日落泪，发誓无论生死都不做对不起对方的事，真好像可以信赖。然而，一旦碰到极小的利害，不过像毛发那样，也会立即翻脸，像不认识似的；朋友掉到陷阱里，不仅不伸手去援救，反而趁势挤他，甚至丢下石头，这种人到处都有啊！这种事连禽兽及野蛮人都不忍心去做，而那种人却自以为做得很对。他们听到子厚的品德作为，也应该稍微有一点羞愧吧！

　　子厚以前年轻时，勇于帮助别人，不晓得保重和爱惜自己，认为功业可以很快取得成就，因而受连累遭贬斥。贬斥以后，又没有一个知己并有权力、有地位的人加以推荐提拔，所以终于死在荒远的边地，才能不被当世所用，理想不能在当时实现。假使子厚在当御史、员外郎的时候，严格约束自己，能够像后来做司马、刺史时候那样，也就自然不会遭到贬斥。遭到贬斥之后，如果能有个有力的人保举他，将必然会被不断擢用。然而，子厚如果被贬斥的时间不长，困穷不到极点，虽然会出人头地，但他的文章学识、诗辞歌赋，一定不能像现在这样通过自己刻苦努力达到必定流传于后世的境地，这是毫无疑义的。虽然使子厚实现了自己的愿望，在一个时期内担任将相要职，拿文学上的成就来换取功名富贵，哪个合算，哪个失算，必定有能分清它的。

　　子厚于元和十四年十一月初八日去世，终年四十七岁。于元和十五年七月十日，安葬在万年县祖坟旁边。子厚有两个儿子，大的叫周六，刚四岁，小的叫周七，子厚去世后才出生。两个女儿，都还很小。他得以回乡安葬，费用都是由观察使河东裴行立君出的。裴行立有气节，重信义，与子厚结交，子厚也为他尽过心力，终究是依靠了他的力量。将子厚安葬在万年县墓地的人，是其表弟卢遵。卢遵是涿州人，生性谨慎，学习从来不知厌倦。从子厚被贬斥时起，卢遵就跟他住在一起，直到他死去也不离开。既前去安葬了子厚，又打算料理好他的家事，可算是个有始有终的人。

　　铭文是：这是子厚的墓室，既牢固，又安静，必定会有利于他的后代。

柳宗元

柳宗元（773—819），唐代著名散文家、诗人，哲学家。字子厚，河东解（今山西省永济县）人。少精敏通达。德宗贞元九年（793）进士。后以博学宏词，授集贤殿正字，蓝田尉。贞元十九年（803），任监察御史。顺宗永贞元年（805），为尚书礼部员外郎。主张并实行政治革新。宪宗即位，革新失败，被贬为永州司马。十年后，转为柳州刺史，死于柳州。

与韩愈共同倡导了唐代古文运动，主张文以载道。韩愈称其文"雄深雅健似司马子长（迁）。"苏轼称其文"发纤浓于古简，寄至味于淡泊"，其诗"温丽清深"著有《柳河东集》。

捕 蛇 者 说

【题解】

说是古代就事论理的一种文体，本文是柳宗元被贬永州之后写的。文中通过三代以捕蛇为业的蒋氏一家及其乡邻的悲惨遭遇，揭露了当时民不聊生的残酷现实，指出苛政赋敛比毒蛇猛兽更毒，说明了革除弊政、减轻赋役的必要，表达了对劳动人民的同情。文章组织严密，对比反衬运用出色，风格朴实深沉，有较强的感染力。

【原文】

永州之野产异蛇，黑质而白章，触草木，尽死，以啮人，无御之者[1]。然得而腊之以为饵，可以已大风、挛踠、瘘、疠，去死肌，杀三虫[2]。其始，太医以王命聚之，岁赋其二[3]。募有能捕之者，当其租入。永之人争奔走焉。

有蒋氏者，专其利三世矣。问之，则曰："吾祖死于是，吾父死于是，今吾嗣为之十二年，几死者数矣。"言之，貌若甚戚者。余悲之，且曰："若毒之乎？余将告于莅事者，更若役，复若赋，则何如[4]？"

蒋氏大戚，汪然出涕曰："君将哀而生之乎？则吾斯役之不幸，未若复吾赋不幸之甚也！向吾不为斯役，则久已病矣。自吾氏三世居是乡，积于今六十岁矣，而乡邻之生日蹙。殚其地之出，竭其庐之入，号呼而转徙，饥渴而顿踣，触风雨，犯寒暑，呼嘘毒疠，往往而死者，相藉也[5]。曩与吾祖居者，今其室十无一焉[6]；与吾父居者，今其室十无二三焉；与吾居十二年者，今其室十无四五焉。非死则徙尔，而吾以捕蛇独存。悍吏之来吾乡，叫嚣乎东西，隳突乎南北，哗然而骇者，虽鸡狗不得宁焉。吾恂恂而起，视其缶，而吾蛇尚存，则弛然而卧[7]。谨食之，时而献焉。退而甘食其土之有，以尽吾齿[8]。盖一岁之犯死者二焉。其余则熙熙而乐，岂若吾乡邻之旦旦有是哉？今虽死乎此，比吾乡邻之死，则已后矣，又安敢毒邪？"

余闻而愈悲。孔子曰："苛政猛于虎也[9]！"吾尝疑乎是。今以蒋氏观之，犹信。呜呼！孰知赋敛之毒，有甚是蛇者乎？故为之说，以俟夫观人风者得焉[10]。

【注释】

〔1〕永州：治所在今湖南零陵。

〔2〕三虫：说法不一，这里泛指人体内的寄生虫。

〔3〕太医：皇宫里的医师，掌管医药的政令。

〔4〕莅（lì）：临，管理。

〔5〕相藉：相互叠压。

〔6〕曩（nǎng）：从前，以往。

〔7〕缶：口小腹大的瓦罐。

〔8〕齿：这里指年龄。

〔9〕苛政猛于虎：见《礼记·檀弓》。

〔10〕人风：即民风，民情风俗。唐朝人为了避唐太宗李世民讳，凡写到民字的，改为"人"。

【译文】

永州的野外滋生着一种异蛇，通体黑色但长有白色的花纹。草木碰到它便会死去；它如咬人一口，无药可医。但是把它捉来杀死，挂起风干，做成药饵，可以治疗风病、脚弯曲、肿痛、恶疮，去除坏死的肌肉，杀死人体的寄生虫。起初太医官以皇上的命令来收购，每年向朝廷进贡两次，征募能捕蛇的人，可以代替其税赋收入，于是永州的人争相奔走去捕捉了！

有蒋姓人家专事这个利益已经三代了，问他，则说："我的祖父死于捕蛇，我的父亲也死于蛇口，我至今继承此业已十二年了，有几次险些丧命。"他说话的时候面色很是悲戚。我听了很伤心，很可怜他，就对他说："如果你怨恨捕蛇这件事，我将去告诉地方官，更换你捕蛇的差事，恢复你原来的赋税，你认为如何？"

听了我的话，蒋氏大为悲伤，泪眼汪汪地说："您是可怜我而要救我么？那么我捕蛇这差事的不幸，远远不如让我纳赋税的不幸厉害。假如我不干这差事，我早已穷困不堪了！我蒋氏三代居住在这个地方，到现在已六十多年了。而我的乡邻的生计日益困苦，其土地的出产，以及家中全部收入都被搜刮一空，呼喊叫苦，转徙迁出，饥渴交迫，颠扑流离，风吹雨淋，冒着寒暑，呼吸着瘴毒之气，他们往往因此而死去，尸体相枕于道。过去与我祖父居住在一起的邻居，如今十家之中只剩下一家了；与我父亲同住一起的邻居，如今十家之中只有二三家了；和我十二年来同居住的邻居，如今十家之中只有四五家了。他们不是死了就是搬走了，只有我因捕蛇还住在这里。凶狠的官吏差役来到我乡，东西呼喊叫嚣，南北冲突骚扰，喧哗吵嚷，使人提心吊胆，闹得鸡犬不宁。我担心着起来，看那装蛇的罐子，我捕的蛇还活着，便安然放心去睡觉。平时小心地喂养蛇，到时供献给官府。回来后舒舒服服享用土地上的出产，以尽我的天年。大约一年之中，只有两次冒着死的危险去捕蛇，其余的时间，则快快乐乐地过日子。哪里像我的邻居，天天都要受穷苦的煎熬呢。现在就是死于蛇口，比起乡间已死的邻居来，也已经晚得多了，又怎么敢有怨言呢？"

我听了蒋氏的话，更觉得悲伤。孔子说："苛刻的政令比老虎还厉害。"我以前常怀疑这句话。现在从蒋氏的遭遇看，才相信了。唉！哪里知道苛捐杂税的残酷，比这种毒蛇还要毒。所以写了"捕蛇者说"这篇文章，以待那观察民情疾苦风俗的人，作为一个参考吧。

种树郭橐驼传

【题解】

　　这是一篇寓言体的政论性散文。作者通过描述郭橐驼栽培、管理树木的方法，阐明自己的政治主张，即作官治民也应顺乎自然，减少繁杂的政令滋扰，这样老百姓才能安居生息。文章层次井然，对比生动，特别是论种树的一段话富含哲理，耐人深思。

【原文】

　　郭橐驼，不知始何名。病偻，隆然伏行，有类橐驼者，故乡人号之"驼"。驼闻之曰："甚善，名我固当。"因舍其名，亦自谓"橐驼"云。

　　其乡曰丰乐乡，在长安西[1]。驼业种树，凡长安豪家富人为观游及卖果者，皆争迎取养。视驼所种树，或迁徙，无不活，且硕茂，蚤实以蕃[2]。他植者，虽窥伺效慕，莫能如也。有问之，对曰："橐驼非能使木寿且孳也，能顺木之天，以致其性焉尔。凡植木之性，其本欲舒，其培欲平，其土欲故，其筑欲密。既然已，勿动勿虑，去不复顾。其莳也若子，其置也若弃，则其天者全，而其性得矣[3]。故吾不害其长而已，非有能硕茂之也；不抑耗其实而已，非有能蚤而蕃之也。他植者则不然，根拳而土易，其培之也，若不过焉则不及。苟有能反是者，则又爱之太殷，忧之太勤，且视而暮抚，已去而复顾。甚者爪其肤以验其生枯，摇其本以观其疏密，而木之性日以离矣。虽曰爱之，其实害之；虽曰忧之，其实仇之。故不我若也。吾又何能为哉？"

　　问者曰："以子之道，移之官理可乎？"驼曰："我知种树而已，官理，非吾业也。然吾居乡，见长人者，好烦其令，若甚怜焉，而卒以祸[4]。且暮吏来而呼曰：'官命促尔耕，勖尔植，督尔获，蚤缲而绪，蚤织而缕，字而幼孩，遂而鸡豚[5]。'鸣鼓而聚之，击木而召之。吾小人辍飧饔以劳吏者，且不得暇，又何以蕃吾生而安吾性邪[6]？故病且怠。若是，则与吾业者，其亦有类乎？"

问者嘻曰："不亦善夫！吾问养树，得养人术。"传其事以为官戒也[7]。

【注释】

〔1〕长安：现在的陕西西安市。

〔2〕蚤：通"早"。

〔3〕莳（shì）：栽植或移植。

〔4〕长人者：指官史。长（zhǎng），官长。人，民，百姓。

〔5〕尔：你们。字：养育。豚（tún）：小猪。

〔6〕辍（chuò）：中止。飧（sūn）：晚饭。饔（yóng）：早饭。

〔7〕传（zhuàn）：记载。

【译文】

郭橐驼这个人，不知原来叫什么名字。因为患了伛偻病，背上突起，走路时低头弯腰，像驼背一样，所以乡间人叫他郭橐驼。他听了说："好吧，这样叫很合适。"于是舍去了原来的姓名，也自称其橐驼来。

其居住的地方叫丰乐乡，在都城长安之西。驼以种树为业，凡是长安豪门富室以树木为观赏的，以及卖水果为营生的，都争着迎他来奉养。驼栽种的树木，移植到别的地方，没有不成活的，而且枝繁叶茂，早生果实，果子结得又大又多。别的种树人，虽然窥伺着百般仿效他，但没有能比得来的。有人去问他的诀窍，他回答说："橐驼并不是能使树木常活而且繁茂，只不过顺应树木自然的习性罢了。凡种植树木的方法是：树之根要松舒，对其的培养要平缓，树底及周围的泥土要陈旧，对土要捣得密实。树既种好，就不要再动，也不必考虑它，走时不要再回顾。种时好像交给了土地，植在那里就像抛弃了一样，顺其自然，适应其本来的习性，所以我从不去妨害它的生长发育，不过如此，并非是我能使它高大繁茂起来。不抑制损毁它的果实，并非是我能使它早结果多结果。别的种树人却不是这样，使树根卷曲，不培旧土。培育树不是太过分，就是很不够。即有不是这样做的人，便因爱护过度，忧虑过分，早晨看晚上摸，走时又不放心，转回来又看几次。更有性急的人，竟剥下一块块树皮来看它的生死，用力捣动树干看它枝叶的疏密，这样树木的本性一天天被背离了，虽说是爱它，其实是害它；虽说是忧虑它，其实是仇视它。所以他们都比不上我，我哪里又有什么能力作为呢？"

问他的人说："以你种树的道理，转移到官府的行政治理上，可以吗？"郭橐驼说："我只知道种树，官府政治不是我的生业。但我居住在乡间，见官吏喜欢发布烦琐的政令，好像是怜惜百姓似的，但到底祸害了百姓。早晚官吏来呼喊道：'长官命令你耕田，勉励你种庄稼，督促你收获，早些缫丝，早些织布，养育你的幼孩，喂你的鸡和猪。'鸣鼓聚集他们，敲着木梆子召集他们，我们小民顾不得吃早晚饭，忙着接待这些官吏，不得闲暇，又怎样去治家立业，安身立命呢？所以才患病疲惫不堪。如此这样，就和我种树的道理有些相似呢！"

问的人笑着说："这不就很好么？我问养植树木的方法，而知道了养育人的道理。"现在传布这事，以使做官的作为警戒。

小石城山记

【题解】

这是《永州八记》中的最后一篇。小石城山在今湖南永州县境内。文中记述了小石城山奇异的景致，并感叹这样奇妙的山水，不在繁华的大都市附近，却置于偏远荒凉的地方。由此让人自然想起作者怀才不遇的遭遇。后一段用存疑的口气表达了对"造物者"的质疑。

【原文】

自西山道口径北，逾黄茅岭而下，有二道[1]：其一西出，寻之无所得；其一少北而东，不过四十丈，土断而川分，有积石横当其垠[2]。其上为睥睨、梁㰚之形；其旁出堡坞，有若门焉[3]。窥之正黑，投以小石，洞然有水声，其响之激越，良久乃已。环之可上，望甚远。无土壤而生嘉树美箭，益奇而坚，其疏数偃仰，类智者所施设也。

噫！吾疑造物者之有无久矣。及是，愈以为诚有。又怪其不为之于中州，而列是夷狄^{〔4〕}，更千百年不得一售其伎，是固劳而无用。神者傥不宜如是，则其果无乎；或曰："以慰夫贤而辱于此者。"或曰："其气之灵，不为伟人，而独为是物，故楚之南，少人而多石^{〔5〕}。"是二者，余未信之。

【注释】

〔1〕西山：在今湖南零陵县西。

〔2〕垠（yín）：边界。

〔3〕睥睨（bì nì）：城上有缺口的矮墙。也叫"女墙"。梁欐（lì）：栋梁。

〔4〕中州：中原地区，经济、文化较发达。夷狄：古称我国东方少数民族为"夷"，北方少数民族为"狄"。他们均住在边远地区。此处泛指边远地区。

〔5〕楚之南：指永州等地。春秋时楚国的南部疆域达到今湖南南部。

【译文】

自西山山道口一直朝北走，越过黄茅岭向下而行，有两条小路：一条向西面去，走过去看看，没有看到任何东西；另一条路稍微偏北向东，走不到四十丈远，地形便断开了，河水从此地分开，有许多石头堆积，横为边际。这上面的形状如城墙、房屋栋梁，旁边有一为守卫而筑的堡坞，好像一道门。朝里面看去，里面一片漆黑。我试着投下一块石头，空洞洞地响起水声，其音激越响亮，过了很久才逐渐停息。环绕着小路，可以走到上面，四面望得很远。这里没有泥土，却生长着许多好树美竹，非常奇异坚固，树竹的疏密俯仰，好像是聪明人精心布置的。

唉！我怀疑造物者的有无已经很久了。看到了这一切，我就更加相信造物者一定是有的了。但又奇怪为什么不把它生在中原地区，而将他生在夷狄之处，隔了千百年也不能呈献其艺技，这真的是劳而无用的神明。如果不是这样，那么真的没有神明了么？有人说："这是为了安慰贤人受辱在这里。"又有人说："天地的灵气不钟于伟人，而独钟于景物。所以楚地的南面，少出贤人而多怪石。"这两种说法，我都不相信。

三 戒 并 序

唐宋八大家散文

【题解】

　　这是柳宗元的三则著名寓言。题名《三戒》，意在告诫当时，警诫将来。作者借用三种动物：恃宠骄纵，得意忘形的麋麑；外强中干，虚张声势的驴子；仗势欺人，贪残暴虐的老鼠，深刻而形象地揭露了反动官僚及其爪牙的愚蠢虚弱，逞强肆虐和缺乏自知之明的阶级本性，以及他们终于自取灭亡的悲惨下场。文章的批判锋芒直接指向包庇纵容类似这些劣物的统治者，切中时弊，饱含哲理，具有典型的社会意义和长远的认识意义，至今仍给人以有益的思想启迪。三则故事均短小精粹，情节曲折，首尾完整。麋、驴、鼠的形态、动作和神情的描绘，特征鲜明，风趣生动。不知自量的麋麑与心怀杀机的家犬，愚蠢无能的驴子与勇敢机智的老虎，肆无忌惮的老鼠与姑息养奸的主人，在强烈的对比关系中，相反相成，形神毕现。全文遣词造句，朴实无华，简练准确。

【原文】

　　吾恒恶世之人，不推己之本，而乘物以逞，或依势以干非其类，出技以怒强，窃时以肆暴，然卒迨于祸[1]。有客谈麋、驴、鼠三至物，似其事，作《三戒》[2]。

临 江 之 麋 [3]

　　临江之人，畋得麋麑，畜之[4]。入门，群犬垂涎，扬尾皆来。其人怒，怛之[5]。自是日抱就犬，习示之，使勿动，稍使与之戏[6]。积久，犬皆如人意。麋麑稍大，忘己之麋也，以为犬良我友，抵触偃仆，益狎[7]。犬畏主人，与之俯仰甚善，然时啖其舌[8]。三年，麋出门，见外犬在道甚众，走欲与为戏。外犬见而喜且怒，共杀食之，狼藉道上。麋至死不悟。

黔 之 驴 [9]

　　黔无驴，有好事者船载以入 [10]。至则无可用，放之山下。虎见之，庞然大物也，以为神 [11]。蔽林间窥之，稍出近之，慭慭然莫相对 [12]。

　　他日，驴一鸣，虎大骇，远遁，以为且噬己也，甚恐。然往来视之，觉无异能者 [13]。益习其声，又近出前后，终不敢搏 [14]。稍近，益狎，荡倚冲冒，驴不胜怒，蹄之 [15]。虎因喜，计之曰："技止此耳 [16]！"因跳踉大㘎，断其喉，尽其肉，乃去 [17]。

　　噫！形之庞也类有德，声之宏也类有能。向不出其技，虎虽猛，疑畏，卒不敢取 [18]。今若是焉，悲夫！

永某氏之鼠 [19]

　　永有某氏者，畏日，拘忌异甚 [20]。以为己生岁直子，鼠，子神也，因爱鼠 [21]。不畜猫犬，禁僮勿击鼠。仓廪庖厨，悉以恣鼠不问 [22]。由是鼠相告，皆来某氏，饱食而无祸。某氏室无完器，椸无完衣，饮食大率鼠之余也 [23]。昼累累与人兼行，夜则窃啮斗暴，其声万状，不可以寝 [24]。终不厌。

　　数岁，某氏徙居他州。后人来居，鼠为态如故。其人曰："是阴类恶物也，盗暴尤甚，且何以至是乎哉 [25]！"假五六猫，阖门撤瓦，灌穴，购僮罗捕之 [26]。杀鼠如丘，弃之隐处，臭数月乃已。

　　呜呼！彼以其饱食无祸为可恒也哉！

【注释】

　　〔1〕推：推究。本：指本来面目。乘：凭借，依靠。逞：放纵逞强。干：犯。怒：激怒。窃时：利用时机。肆暴：肆无忌惮横行霸道。迨（dài）：及，至。

　　〔2〕麋（mí）：麋鹿。

〔3〕临江：地名，在今江西省清江县。

〔4〕畋（tián）：打猎。麋麑（ní）：小鹿。

〔5〕垂涎（xián）：流口水。怛（dá）：恐吓，之：指代群犬。

〔6〕就：接近。示：给……看。"习示之"，指让狗看习惯。稍：逐渐。

〔7〕良：的确。抵触：碰撞。偃仆：在地上打滚的样子。偃，向后倒；仆，向前倒。狎（xiá）：亲近而随便的样子。

〔8〕俯仰：低头抬头，依从应付的样子。啖（dàn）：吃，这里是"舔"的意思。

〔9〕黔：指今贵州省一带，唐时今贵州一带属黔中道（治所在今四川省彭水县）西境。

〔10〕好（hào）事者：爱多事的人。

〔11〕庞然：高大的样子。

〔12〕蔽：隐藏。慭慭然：谨慎小心的样子。

〔13〕异能：特殊的本领。

〔14〕习：习惯。搏：扑，击。

〔15〕荡：摇动，碰闯。倚：斜靠着。冲：撞击。冒：顶着。蹄：作动词用，踢的意思。

〔16〕止：仅仅。

〔17〕跳踉（liáng）：腾跃跳动。踉，跳。㘎（hǎn）：同"阚"，虎叫声。

〔18〕向：假使。取：攻取，指吃掉驴子。

〔19〕永：永州。

〔20〕畏日：怕犯忌日。旧日迷信者以为日有吉日、凶日之分，对不吉利的日子要避忌。

〔21〕生岁：生年。直子：正当子年。按十二生肖，子年属鼠，故言"鼠，子神也"。

〔22〕仓廪：仓库。谷仓为仓，米仓为廪。庖（páo）厨：厨房。恣：放任。

〔23〕㭾（yí）：衣架。大率：大抵。

〔24〕累累：连贯成串的样子，即成群结队。窃啮：偷咬东西。斗暴：争斗打闹。

〔25〕阴类：指躲在阴暗地方活动的动物。盗暴：即"窃啮斗暴"。

〔26〕假：借。阖（hé）：同"合"。罗捕：用网围起来捕捉。

【译文】

三 戒 并 序

我常常厌恶世上一些人，不知道考虑自己的实际能力，却依靠他物任意逞强，他们有的依靠外来势力触犯和自己不同类的人，有的使出本事惹怒强大的对手，有的利用机会放肆作恶，但最终都遭到了灾祸。有位客人谈到麋鹿、驴子、老鼠三种动物的故事，有些像前面提到的事，于是我写了《三戒》。

临 江 之 麋

临江有个人，打猎时捕获了一只小鹿，打算把它带回家饲养。他刚进门，一群狗就流着涎水，摇着尾巴跑过来，猎人很生气，就吓唬狗让它们走开。从此他每天抱着小鹿让它接近狗，使它们熟悉起来，并示意群狗不准动它，渐渐地还让狗和小鹿玩一玩。时间久了，狗子都能按主人的意思办。小鹿逐渐长大了，竟忘了自己是一只鹿，认为这些狗的确是自己的朋友，和它们相互顶撞、在地上打滚，越来越亲昵。狗惧怕主人，便顺从小鹿的意思应付它，显出很友好的样子，可是却时常舔舌头。这样过了三年，鹿出门到了外边，见到路上有许多别家的狗，便跑过去想和它们玩一玩。那些外面的狗见到后又高兴又生气，便一起过去把它咬死，吃掉了，吃剩的皮毛骨头散乱地摆在路上。小鹿到死还不明白这是怎么回事。

黔 之 驴

贵州一带没有驴子，有一位爱多事的人用船装了一头驴运到了贵州，运到那里后又没有什么用处，就把它放养在山下。一头老虎看见了驴，见到驴那高大的样子，以为是什么神物。它就躲在林子里偷偷观看，渐渐地它又走出来同驴靠近一点，小心谨慎，不知道它究竟是个什么怪物。

有一天，驴子叫了一声，把老虎吓了一跳。于是它逃得远远的，以为驴要吃掉自己，非常害怕。然而它来回观察驴子，觉得它并没有什么特殊的本领。老虎对驴子的叫声也更习惯了，便再离它近一点，在它的面前来回走动，结果还是不敢攻击它。虎又慢慢地接近驴子，进一步戏弄它，碰它一下，往它身上靠一靠，撞撞它，顶顶它，驴子非常恼火，就踢了老虎一脚。老虎因此高兴起来，心里盘算："它的本事只不过这样罢了！"于是跳跃而起，大吼一声，咬断了驴子的喉管，吃光了驴子的肉，然后走开了。

唉！形体庞大看上去具备了好的德性；声音宏亮，好像是很有本领。假使它不使出自己的本事，老虎即使凶猛，也会心中疑惧，始终不敢去吃掉它。现在落得这般模样，真是可悲呀！

永某氏之鼠

永州有个人怕犯忌日，禁忌特别厉害。他认为自己出生那一年恰逢子年，老鼠是子年的神，因而喜爱老鼠。他家中不养猫狗，还告诫仆人不要打鼠。谷仓、米仓和厨房都随老鼠任意糟蹋，从不过问。因此老鼠相互转告，都到某人家中来，吃得饱饱的而没有危险。结果，某人家中没有一件完好的器具，衣架上没有一件完好的衣裳，吃的喝的大都是老鼠吃喝剩下的东西。白天成群结队的老鼠和人同行，夜里就偷咬东西，相互争斗打闹，发出各种各样的响声，使人不能睡觉。某人却全不厌恶。

几年以后，某人迁移到别的州去了。后来另有个人住进了他的房子，老鼠照旧胡作非为。新主人说："这些老鼠都是躲在阴暗地方活动的坏东西，偷咬东西、争斗打闹特别厉害，是什么原因让它们闹到这种地步呢？"于是他借来五六只猫，关上门窗，揭开屋瓦，用水灌洞，又雇人用网围起来捕捉。杀死的老鼠堆积如山，把它们扔在偏僻的地方，臭气几个月才消失。

唉！这些老鼠还以为吃得饱饱的而没有危害是可以长久的呢！

段太尉逸事状

【题解】

状，即行状，是一种人物传记体裁。在这篇人物传记中，作者采集段秀实的三件散失了的事迹，歌颂了他同情人民，不畏强暴，廉洁奉公的高尚品德。同时从一个侧面反映出中唐时期军阀横行，残酷压榨，人民群众痛苦无告的社会现实，具有一定的认识意义和史料价值。作者对段秀实的事迹曾经作过认真的调查研究，力求在事实确凿的基础上，表现出人物的精神风貌。文章始终把段秀实置于各种具体的矛盾中心，通过主动赴邠州，只身见郭晞，借故宿郭营，着杀焦令谌等典型环境和典型情节，突出了段秀实勇毅果敢，沉着机智，谦逊温和等性格特征，形象丰满生动。

【原文】

太尉始为泾州刺史时^[1]，汾阳王以副元帅居蒲^[2]。王子晞为尚书^[3]，领行营节度使，寓军邠州，纵士卒无赖。邠人偷嗜暴恶者，卒以货窜名军伍中^[4]；则肆志，吏不得问。日群行丐取于市^[5]，不嗛^[6]，辄奋击折人手足，椎釜、鬲、瓮、盎盈道上^[7]，袒臂徐去，至撞杀孕妇人，邠宁节度使白孝德以王故^[8]，戚不敢言^[9]。

太尉自州以状白府^[10]，愿计事。至，则曰："天子以生人付公理，公见人被暴害，因恬然；且大乱，若何？"孝德曰："愿奉教。"太尉曰："某为泾州，甚适，少事。今不忍人无寇暴死，以乱天子边事。公诚以都虞候命某者^[11]，能为公已乱^[12]，使公之人不得害。"孝德曰："幸甚！"如太尉请^[13]。

既署一月^[14]，晞军士十七人入市取酒，又以刃刺酒翁，坏酿器，酒流沟中。太尉列卒取十七人，皆断头注槊上^[15]，植市门外。晞一营大噪，尽甲^[16]。孝德震恐，召太尉曰："将奈何？"太尉曰："无伤也，请辞于军^[17]。"孝德使数十人从太尉，太尉尽辞去，解佩刀，选老躄者一人持马^[18]，至晞门下，甲者出。太尉笑且入曰："杀一老卒，何甲也？吾戴吾头来矣！"甲者愕。因谕曰："尚书固负若属耶^[19]？副元帅固负若属耶？奈何欲以乱败郭氏？为白尚书，出听我言。"晞出，见太尉。太尉曰："副元帅勋塞天地，当务始终。今尚书恣卒为暴，暴且乱，乱天子边，欲谁归罪？罪且及副元帅。今邠人恶子弟以货窜名军籍中，杀害人，如是不止，几日不大乱？大乱由尚书出，人皆曰，尚书依副元帅不戢士^[20]，然则郭氏功名其与存者几何？"言未毕，晞再拜曰："公幸教晞以道，恩甚大，愿奉军以从。"顾叱左右曰："皆解甲，散还火伍中^[21]，敢哗者死！"太尉曰："吾未晡食^[22]，请假设草具^[23]。"既食，曰：

"吾疾作，愿留宿门下。"命持马者去，旦日来[24]。遂卧军中。晞不解衣，戒候卒击柝卫太尉[25]。旦，俱至孝德所，谢不能，请改过。邠州由是无祸。

先是太尉在泾州为营田官。泾大将焦令谌取人田[26]，自占数十顷，给与农，曰："且熟，归我半。"是岁大旱，野无草。农以告谌，谌曰："我知入数而已，不知旱也。"督责益急。且饥死，无以偿，即告太尉。太尉判状，辞甚巽[27]，使人求谕谌。谌盛怒，召农者曰："我畏段某耶？何敢言我！"取判铺背上，以大杖击二十，垂死[28]，舆来庭中[29]。太尉大泣曰："乃我困汝！"即自取水洗去血，裂裳衣疮[30]，手注善药[31]，旦夕自哺农者，然后食。取骑马卖，市谷代偿[32]，使勿知。淮西寓军帅尹少荣，刚直士也，入见谌，大骂曰："汝诚人耶？泾州野如赭[33]，人且饥死，而必得谷，又用大杖击无罪者。段公，仁信大人也，而汝不知敬。今段公唯一马，贱卖市谷入汝，汝又取不耻。凡为人，傲天灾、犯大人、击无罪者，又取仁者谷，使主人出无马，汝将何以视天地？尚不愧奴隶耶？"谌虽暴抗，然闻言则大愧流汗，不能食，曰："吾终不可以见段公！"一夕，自恨死。

及太尉自泾州以司农征，戒其族：过岐[34]，朱泚幸致货币[35]，慎勿纳。及过[36]，泚固致大绫三百匹。太尉婿韦晤坚拒，不得命[37]。至都，太尉怒曰："果不用吾言！"晤谢曰："处贱，无以拒也。"太尉曰："然终不以在吾第[38]。"以如司农治事堂，栖之梁木上。泚反，太尉终。吏以告晤，泚取视，其故封识具存[39]。

太尉逸事如右。元和九年月日[40]，永州司马员外置同正员柳宗元谨上史馆[41]：今之称太尉大节者出入[42]，以为武人一时奋不虑死，以取名天下，不知太尉之所立如是。宗元尝出入岐、周、邠、斄良洉[43]，过真定[44]，北上马岭^{〔45〕}，历亭障堡戍^{〔46〕}，窃好问老校退卒，能言其事。太尉为人姁姁^{〔47〕}，常低首拱手行步，言气卑弱，未尝以色待物^{〔48〕}。人视之，儒者也。遇不可，必达其志，决非偶然者。会州刺史崔公来^{〔49〕}，言信行直，备得太尉遗事，复校无疑。或恐尚逸坠，未集太史氏^{〔50〕}，敢以状私于执事^{〔51〕}。谨状。

【注释】

〔1〕太尉：唐代最高武官官衔，指段太尉。泾（jīng）州：在今甘肃泾川县北。刺史：州的长官。段太尉（719—783）：名秀实，字成公，汧（qiān）阳（今陕西千阳县）人，唐代宗广德二年（764），任泾州刺史。唐德宗建中元年（780），召为司农卿。建中四年，朱泚（cǐ）谋反，占领长安，逼令段秀实任职。段秀实在议事时，用笏板击中朱泚头部，并骂他为狂贼，因而被害。德宗兴元元年（784），追赠太尉。

〔2〕汾阳王：郭子仪以平定安史之乱有功，唐肃宗至德二年（757）封为司空、天下兵马副元帅。乾元元年（759），为兴平定国副元帅，进封汾阳郡王。唐代宗广德二年（764），为关内河东副元帅、河中节度使。蒲：蒲州，在今山西永济，唐代河东道河中府的府治。

〔3〕王子晞（xī）：郭晞，汾阳王郭子仪的三儿子。当时郭子仪入朝，郭晞兼任郭子仪的行营节度使，驻军邠（bīn）州（今陕西彬县）。郭晞当时的官衔是御史中丞，不是尚书，死后追赠为兵部尚书，作者有误。

〔4〕窜名：把名字藏匿在军籍中，即混进军队中。

〔5〕丐（gài）取：白拿，勒索。

〔6〕嗛（qiè）：满足。

〔7〕椎（chuí）：敲击，砸破。釜（fǔ）：锅。鬲（lì）：三足锅。瓮（wèng）：盛水、酒的陶器。盎（àng）：大腹敛口的瓦盆。

〔8〕白孝德：安西（今新疆库车县）人，当时任邠宁节度使，受郭子仪节制。

〔9〕戚：忧愁。

〔10〕状：公函。白：报告。府：指邠宁节度使府。

〔11〕都虞候：军中执法官。

〔12〕已：制止。

〔13〕如：按照，允许。

〔14〕署：署理，即暂时代理官职。

〔15〕注：附着，附在……上面，这里是挂、插的意思。槊（shuò）：长矛。

郭子仪

〔16〕甲：铠甲，作动词用，披上铠甲。

〔17〕辞：说辞，作动词用，解说。

〔18〕蹩（bì）：瘸腿，跛脚。

〔19〕固：难道。若属：你们。若，你。

〔20〕戢（jí）：管束，制止。

〔21〕火伍：队伍。唐朝兵制，十人为火，五人为伍。

〔22〕晡（bù）食：晚饭。晡，下午三时至五时。

〔23〕假设：代为准备。草具：简单粗糙的食品。

〔24〕旦日：次日早晨。

〔25〕柝（tuò）：打更用的木梆子。

〔26〕焦令谌（chén）：人名，生平不详。

〔27〕巽（xùn）：谦逊。

〔28〕垂：将要，临近。

〔29〕舆（yú）：车，作动词用，抬，举。

〔30〕衣（yī）：作动词用，包裹。

〔31〕注：敷，涂。

〔32〕市：买。

〔33〕赭（zhě）：赤土。

〔34〕岐：岐州，今陕西凤翔县。

〔35〕朱泚：与段秀实同时的大军阀，当时任凤翔尹。唐德宗建中四年（783）十月，泾原节度使姚令言的军队在长安哗变，德宗逃往奉天（今陕西乾县），朱泚乘机自立为帝。后被唐将李晟（shèng）击败，为部将所杀。

〔36〕及：介词，等到。

〔37〕命：命令，指示。这里是应允的意思。

〔38〕第：府第，住宅。

〔39〕识（zhì）：同"志"，标记。

〔40〕元和九年：814年。元和，唐宪宗年号（806—820）。

〔41〕永州司马：当时柳宗元的官职，州刺史的佐官。员外置：在定员以外设置的官，实为虚职。同正员：地位待遇同正员一样。

〔42〕出入：不外乎，说来说去。

〔43〕岐：岐州。周：指周朝的发祥地周原，在今陕西岐山南，凤翔县境内。鳌（tái），在今陕西武功县西。

〔44〕真定：今河北正定县。位置与文中所叙内容不符，疑有误。

〔45〕马岭：山名，在今甘肃庆阳县西北。

〔46〕亭障：边塞上的堡垒。堡戍（shù）：小城堡和岗楼等。

〔47〕姁（xǔ）姁：温和，谦恭。

〔48〕物：人。

〔49〕崔公：崔能，唐宪宗元和九年（814）任永州刺史。

〔50〕太史：史官名。

〔51〕执事：官员手下的办事人员。这里是表示尊敬对方的一种说法，意为不敢直接送给对方，而由对方的办事人员转呈。当时韩愈任史官，这篇行状是送给韩愈的。

【译文】

太尉段秀实刚刚出任泾州刺史的时候，汾阳郡王郭子仪正以副元帅的身份驻军蒲州。汾阳王的儿子晞任尚书，代理出征时军营的军务。驻军在邠州时，纵容那些军士们肆意横暴、胡作非为。当地那些懒惰、贪婪、残恶的人们，大都用钱财贿赂元帅，想办法把名字混在军队里，就可以放肆地为所欲为，地方官吏都不敢过问。一日他们成群在市场上勒索，还不满足，就大打出手，打折了市人的手足，打碎锅、碗、器皿，大小容器被打得满街碎片后，光着膀子大摇大摆地离去，甚至伤及怀孕的妇女。宁州的节度史白孝德因为上有汾阳王的缘故，有所忧虑而不敢言语。

段太尉从泾州写来文书将这些情况禀告到白孝德府上，愿意筹划处理这些事。太尉来到这里就说："皇上把老百姓交给你治理，你看见百姓遭到残害，仍心安理得，一旦到社会大乱，那时怎么办？"白孝德说："希望听听你的指教。"太尉说："我在泾州治理，十分安逸，很少有事的，今天不忍心见到百姓在没受到外敌入侵的时候而无故丧生，这件事损害了天子交办公务的旨意。你果真要以执法官的名义命令我去治理，我可以为你平息这种混乱，使你的百姓不致受伤害。"白孝德说："那太好了。"就应允了太尉的请求。

他在代理执法官一个月左右，郭晞的士兵有十七人到市场上去拿酒，又用刀子刺伤酿酒的工人，毁坏了盛酒的器皿，酒流到水沟中。段太尉布置士兵拿下这十七人，全部杀掉，将人头插在丈八长矛上，竖立在城门之外。郭晞的军营中全营上下大肆喧哗、吵闹，全都披上战甲，白孝德为此震惊而恼怒，召见段太尉说："你有什么办法？"太尉说："没关系的，我请求到军士中去谈谈、解释一下。"白孝德派遣了几十个人跟随段太尉，段太尉全都辞退了他们，解掉了自己佩带在身上的战刀，只挑选了一位跛足的老人替他牵马。来到郭晞军营门外，军中有一披着铠甲的人出来相迎，太尉笑着进入军营中说："只杀死一位老兵，何必披铠甲呢？我自己顶着我的头来了！"披着铠甲的兵士惊愕了，太尉于是开导他们说："郭晞尚书难道辜负了你们吗？副元帅郭子仪难道也亏待了你们？你为什么要以这种谋乱来败坏郭家的名声呢？请为我禀告尚书，请他出来听我说说。"郭晞出来看见了段太尉，太尉对他说："副元帅郭子仪的功劳充满天地世界，应当做到有始有终。今天尚书你放纵士卒为非作恶，残暴而且祸乱，破坏了国家边地安宁，想要归罪于谁呢？这罪过涉及到副元帅啊。今天邠州的邪恶的人们，以钱财贿赂，把自己的名字混入军队中，再去杀害老百姓。这样无止境的伤害下去，用不了几天不就会大乱了吗？社会大乱后再由尚书你出来治理，人们都会说：尚书是依仗副元帅来当官的，不管束自己的战士，这样的话，郭氏家族的功劳名声，将还能保存多少呢？"太尉的话还未说完，郭晞再次拜谢说："有幸承蒙你用这样正确的大道理来教导我，恩德太大了，我愿意让全军都来听从你的教导。"于是环视左右大声命令说："大家全都解除战甲，都解散回到自己的队伍里去。还有敢喧哗吵闹的，处死！"段太尉说："我还未吃晚饭，请代为预备一顿便饭。"吃完晚饭，又说："我的疾病发作了，希望在你门下留宿。"并命令拉马的老人回去，明天再来。于是便在军营中睡了下来。郭晞也未脱衣服睡觉，并告诫警卫兵卒仔细巡夜打梆子守卫着太尉。第二天，郭晞和段太尉一起到白孝德的府上，谢罪说自己无能，请求给予改正过失的机会，从此邠州就没有祸乱了。

　　在此之前，段太尉在泾州担任负责垦田的营田副使。泾州大将焦令谌霸取百姓的田地自己占有数十顷，租给农民，说："等粮食成熟后，交一半给我。"这一年遇上大旱，田野里草都不长，农民将此事告诉焦令谌。焦令谌说："我就知道你应交纳的粮食数，不管天旱的事。"催促交纳租税更加紧急。农民都快要饿死了，没有东西可以抵偿，便去告诉段太尉。段太尉审判了状纸的诉状，用十分委婉温和言词批示，派人去将实际情况告诉焦令谌，请求他宽免纳租。焦令谌十分恼怒，召见了农民，对他们说："我怕段某人吗？你们怎么敢到他那里指责我？！"取来太尉批阅过的状纸铺在农民背上，打了他二十大棒，农民快要被打死了，又被抬到太尉衙门的庭院里。太尉看后哭泣着说："是我害得你吃苦了。"随即拿来清水洗去他身上的血渍，撕下衣服为他包扎伤口，亲手为他涂抹上最好的伤药。每日早晚亲自为这农民喂食后自己再去用餐。又把自己骑的马卖掉，到市上买回稻谷代替农民交纳租谷，还不让那个农民知道。从淮西地区调防驻扎到泾州的将领尹少荣，是个刚直的勇士，来这里求见焦令谌，大声叱骂着说："你是讲实际的人吗？泾州的田野大旱得一片赤地，人都快饿死了，而你还一定要交纳租谷，又用刑杖惩击无罪的人。段太尉是个仁慈而又注重信义的有德之人，可是你不知道敬佩他。如今段公仅有一匹马，他也把它贱价卖了，买来谷子交纳给你，你又收下了还不以为耻。像你那种轻视天灾、触犯长者、欺压无罪百姓的人，还收取仁义道德者送来的谷子，使营田副使出门没有马骑，你将如何上对苍天，下对百姓啊？你面对下人而心中没有惭愧吗？"焦令谌虽然傲慢而无礼，但是听了尹少荣的一席话后十分惭愧，流下了汗，吃不下东西。他说："我终生都无脸面见段公了！"过了一天，自己为此悔恨而死去。

等到段秀实从泾州刺史又调任去当掌管钱粮朝官时，他告诫家族中的人说："经过岐州的时候，岐州县尹朱泚幸或送来钱财礼物，你们千万不能收。"待路过岐州时，朱泚坚决要送来丝织绫缎三百匹，段秀实的女婿韦晤坚决拒纳，但送礼者说没有得到朱泚的命令，不能带回，终于推辞不掉。来到都城长安后，段秀实气愤地说："你们果然没有听从我的话！"韦晤谢罪说："我的地位低，没有办法拒绝啊。"段太尉说："这些东西是不可以放在我家里的。"便把这些绫缎送到办公的大堂，安放在房梁上。后来朱泚在京师被哗变的军队拥立为大秦皇帝，段秀实被杀，官吏们把这绫缎在梁上之事告诉朱泚，朱泚取下来看，见他原来写在包装封条上的字还都在。

段太尉为官时为百姓做的几件好事如上面写的。唐宪宗元和九年，出任永州的柳宗元把它记载下来，恭恭敬敬地呈交国家历史档案馆。如今称段太尉是识大节的人，是因为他是武将，认为他为朱泚及叛军之事一时奋击不考虑生死而在天下出了名，那是有差错的，那是不知道段太尉是因为这些逸事而立身显名的。柳宗元经常在岐州、周原、郡州、邠州等地来往，经过真定，北上到马岭山，去过边防的堡垒，访问过边防兵士的驻地，喜好私下询访年老的军官和退伍的士兵。说段太尉对人非常和悦，经常低着头，拱着手慢慢踱步，说话低声细气，从不以严辞厉色对人待物。人们看他的样子，就像一个斯文的读书人。遇到不合理的事，他一定要管到底的，与朱泚奋击之事绝不是偶然的事情。恰逢永州的刺史崔能到这里来，说话守信用，行为正直，了解了很多段太尉过去的事，反复核实无误。我恐怕有的事情还散失遗漏了，没有收集进太史那里，所以斗胆以行状的方式私下送交给史馆执事的人。呈上这篇行状以记叙段太尉的为人、品德。

始得西山宴游记

唐宋八大家散文

【题解】

柳宗元被贬为永州司马后，自元和四年至七年，陆续写了八篇山水游记，总称"永州八记"，本文是八记中的第一篇。全文从"始得"二字入手，写西山的奇特景象和始游时的独特感受。作者遭受政治迫害后，身心交瘁，处境险恶，只好寄情林泉，自我排遣，力图从山水之美中寻求精神慰藉，从极度苦闷中超脱出来。这种悲愤抑郁的思想情绪，贯穿于全部"永州八记"之中。首段写自己忧惧而游，游而饮，饮而醉，醉而梦，但所见山水不如西山"怪特"，主观感受尚未达到物我合一的境界，情绪状态仍是萧散郁闷的，从而为下文写始得西山之乐作了主客观两方面的铺垫。次段着重描绘作者登高远眺，千里山河尽收眼底，从侧面衬托出西山的雄奇高峻；又以西山的高出尘世，抒发自己的形象与西山同高，胸怀与天地同阔的主观感受；再从醉眼朦胧中观看"苍然暮色，自远而至"的景象，生动地再现了黄昏时人们的视野逐渐缩小的感觉过程，创造出一个"心凝形释，与万化冥合"的理想境界，暂时忘却了人世的烦恼。最后用向之游与今之游作比，寄托了身处逆境而幸有山水之乐的无限感慨。

【原文】

自余为僇人[1]，居是州，恒惴慄[2]。其隙也[3]，则施施而行[4]，漫漫而游[5]，日与其徒上高山，入深林，穷回溪[6]。幽泉怪石，无远不到；到则披草而坐，倾壶而醉；醉则更相枕以卧，卧而梦。意有所极[7]，梦亦同趣[8]；觉而起，起而归。以为凡是州之山水有异态者，皆我有也，而未始知西山之怪特[9]。

今年九月二十八日，因坐法华西亭[10]，望西山，始指异之。遂命仆人过湘江[11]，缘染溪[12]，斫榛莽[13]，焚茅茷[14]，穷山之高而止。攀援而登，箕踞而遨[15]，则凡数州之土壤，皆在衽席之下[16]。其高下之势，岈然洼然[17]，若垤若穴[18]；尺寸千里，攒蹙累积[19]，莫得遁隐[20]；萦青缭白，外与天际[21]，四望如一。然后知是山之特立，不与培塿为类〔22〕。悠悠乎与颢气俱〔23〕，而莫得其涯！洋洋乎与造物者游〔24〕，而不知其所穷！引觞满酌〔25〕，颓然就醉〔26〕，不知日之入。苍然暮色，自远而至，至无所见，而犹不欲归，心凝形释〔27〕，与万化冥合〔28〕。然后知吾向之未始游〔29〕，游于是乎始。故为之文以志。

是岁，元和四年也〔30〕。

【注释】

〔1〕僇（lù）人：即遭刑辱的人，这里指受贬谪的人。僇，同"戮"，污辱。

〔2〕惴（zhuì）慄：战战兢兢，恐惧不安。

〔3〕隙（xì）：缝隙，引伸为闲暇，空闲。

〔4〕施（yí）施：形容走路缓慢的样子。

〔5〕漫漫：随便，没有目的。

〔6〕穷：尽头，这里作动词用。

〔7〕极：至，到达。

〔8〕趣：同"趋"，向，往。

〔9〕未始：未曾，从未。

〔10〕法华西亭：法华寺在永州城东，柳宗元曾于寺内筑亭，名曰西亭。

〔11〕湘江：又名湘水，发源于广西兴安县，流入湖南洞庭湖。

〔12〕染溪：又名冉溪，在湖南零陵县西南，潇水的支流。

〔13〕斫（zhuó）：砍伐。榛（fèi）莽：丛生的荆棘草木。

〔14〕茅茷（fèi）：茅草。

〔15〕箕踞：又开两腿坐在地上，含有傲视旁人或不拘礼节的意思。遨（áo）：游逛。这里是观赏的意思。

〔16〕衽（rèn）：睡卧所用的席子。

〔17〕岈（xiā）然：山谷空阔的样子。

〔18〕垤（dié）：蚂蚁做窝时所堆的小土堆，又称蚁封，文中泛指小土堆。

〔19〕攒（cuán）：聚集。蹙（cù）：收缩。

〔20〕遁（dùn）隐：逃脱隐藏。

〔21〕际：连结，交结。

〔22〕培塿（pǒu lǒu）：小土堆，小土山。

〔23〕颢（hào）气：大自然之气。

〔24〕造物者：创造万物的神灵，指大自然。

〔25〕引觞（shāng）：拿起酒杯。酌：斟酒。

〔26〕颓然：昏昏沉沉，醉倒的样子。就：至于，到了，接近。

〔27〕凝：凝结，停止。释：消散。

〔28〕万化：万物，古人认为万物都是阴阳二气化合而成。冥（míng）合：暗合。

〔29〕向：从前，以往。

〔30〕元和四年：809年。元和，唐宪宗年号（806—820）。

【译文】

　　自从我受到贬谪，居住到永州以来，就常常感到恐惧不安。在有空闲的时候，就慢慢地散步，随意而没有目的地游赏。每天都和那些同伴、随从一同走到山上，进入林子里，沿着曲折的溪水一直找到它的源头；清幽的泉水、奇异的石头，无论它们在多遥远的地方，没有不去看看的。到了那里，我们就拨开杂草，席地而坐，喝尽了壶里的酒，醉了，就相互枕靠着躺了下来，躺下睡着了便梦见自己意想中最好的境界，在梦中得到了这境界的相同趣味，梦醒之后便起身回去。我认为但凡永州的山光水色有特殊形态的，都是我曾见过的了，而还从不知道西山是这样的特别奇怪。

　　今年的九月二十八日，因为坐在法华寺西边的亭子里，远望看见西山，才觉得西山特别怪异。于是就吩咐仆人越过湘江，沿着染溪，砍伐掉杂乱丛生的树和草，烧焚掉那些众多的茅草树叶，一直清除到高山之顶。我攀援着登上高山，伸开双腿坐在地上游赏四方，就看见周围各州的土地，都在我们坐席下面了。这里的地势有高有低，有的山势深邃，有的地势凹陷，有的看去像蚁封和小洞；千里之遥的大片土地，看上去只有尺寸大小，千里以内的美丽景色，全都聚集在眼前，没有什么隐藏看不见的。在视线以外，缭绕着一道青白的光，远处与天相连接，向四外看去像是一片。后来才知道，这是因为山势奇特耸立，不是小山丘之类的土堆；它长久地和天地间浩然之气在一起而没有人能看得到它的边际。非常满意而自足地与天地做朋友一起游玩而没有尽头。我们举起酒杯，斟满酒一饮而尽，颓然醉倒了，都不知道太阳已入山。黄昏时的天色，慢慢地从远处过来了，一直到什么也看不见了还不想回去。整个心像凝结住了什么都没有想，整个身体完全放松了像消散了一样，深深地融化在万物之中。后来才知道我过去是未尝来游玩过，今天到这里游赏才是第一次。所以写下这篇文章作为记载。

　　今年是宪宗的元和四年。

童区寄传[1]

【题解】

　　抢劫贩卖少年儿童，以供朝廷和官僚、地主们奴役驱使，是唐代边远地区人民的一大苦难。这篇传记通过牧童区寄横遭劫持，智杀豪强的英勇事迹，歌颂了区寄勇于反抗，善于自救的斗争精神，揭露了官吏纵容豪强掠卖人口，致使边地户口日益减少的罪恶行径。本文依据真人真事，首先介绍了掠卖人口的社会政治背景，然后着力塑造牧童区寄机智勇敢，不畏强暴的淳朴形象。区寄从智杀二贼到胜利还乡的情节发展，惊险紧张；伪装啼哭的细节和讨好对方的对话描写，真实生动；结尾处点出众盗"侧目莫敢过其门"，更加衬托出区寄的凛然不可侵犯的英雄气概。

【原文】

　　柳先生曰：越人少恩，生男女必货视之[2]。自毁齿已上，父兄鬻卖，以觊其利[3]。不足，则盗取他室，束缚钳梏之[4]。至有须鬣者，力不胜，皆屈为僮[5]。当道相贼杀以为俗[6]。幸得壮大，则缚取么弱者[7]。汉官因以为己利，苟得僮，恣所为，不问[8]。以是越中户口滋耗[9]。少得自脱，惟童区寄以十一岁胜，斯亦奇矣。桂部从事杜周士为余言之[10]。

　　童寄者，柳州荛牧儿也[11]。行牧且荛，二豪贼劫持反接，布囊其口，去逾四十里之墟所卖之[12]。寄伪儿啼，恐栗为儿恒状[13]。贼易之，对饮酒醉[14]。一人去为市，一人卧，植刃道上[15]。童微伺其睡，以缚背刃，力下上，得绝，因取刃杀之[16]。逃未及远，市者还，得童大骇。将杀童，遽曰："为两郎僮，孰若为一郎僮耶[17]？彼不我恩也。郎诚见完与恩，无所不可[18]。"市者良久计曰："与其杀是僮，孰若卖之；与其卖而分，孰若吾得专焉[19]。幸而杀彼，甚善。"即藏其尸，持童抵主人所，愈束缚牢甚。夜半，童自转，以缚即炉火烧绝之，虽疮手勿惮，复取刃杀市者[20]。因大号，一墟皆惊。童曰：我区氏儿也，不当为僮。贼二人得我，我幸皆杀之矣，愿以闻于官。"

墟吏白州，州白大府，大府召视，儿幼愿耳[21]。刺史颜证奇之，留为小吏，不肯[22]。与衣裳，吏护还之乡。乡之行劫缚者，侧目莫敢过其门[23]。皆曰："是儿少秦武阳二岁，而讨杀二豪，岂可近耶[24]！"

【注释】

〔1〕童：童子。区（oū）寄，人名，姓区名寄。

〔2〕柳先生：作者自称。

〔3〕毁齿：指小儿七八岁时换牙。鬻（yù）：出卖。觊（jì）：贪图。

〔4〕不足：指孩子未到"毁齿"之年。钳梏（gù）：钳是用铁箍把颈子套住；梏是把手铐起来。

〔5〕须鬣（liè）：胡须。"有须鬣者"，指成年人。僮：奴仆。

〔6〕当道：在大路上。贼杀：残杀。贼，作动词用。

〔7〕么（yāo）：同"幺"，小。

〔8〕汉官：汉族官吏。恣：放任。

〔9〕滋耗：更加减少。

〔10〕桂部：桂管经略观察使的衙门，其辖区在今广西桂林一带。

〔11〕荛（ráo）牧儿：打柴放牛的孩子。

〔12〕囊：作动词用。"布囊其口"，指用布蒙住他的口。墟所：集市所在地。

〔13〕伪：假装。恒状：常态。

〔14〕易：轻视。

〔15〕植：插。刃：指刀。

〔16〕微伺：暗地观察等候。背刃：靠在刀口上。下上：指上下摩擦。绝：断。

〔17〕遽（jù）：急忙。郎：奴仆对主子的称呼。

〔18〕郎诚句：章士钊言"郎诚见完与恩"中。郎为我字之误"。（《柳文指要》）见完：被保全。

〔19〕专：独自占有。

〔20〕疮（chuāng）：创口。"疮手"，伤手。惮（dàn）：畏惧。

〔21〕墟吏：管理集市的官吏。白：下对上陈述情况。大府：指桂管观察使衙门。幼愿：年幼老实。

〔22〕颜证：颜杲卿之孙，贞元二十年（804）任桂州刺史、桂管观察使。

〔23〕侧目：不敢正视，形容畏惧的样子。

〔24〕秦武阳：战国时燕国人，《战国策》上说他十三岁时杀人，燕太子丹派

他做荆轲的助手前往秦国刺杀秦王。讨：惩罚。"讨杀"，一作"计杀"。近：接近，此处作"触犯"解。

【译文】

柳先生说，东南沿海一带的人缺少恩爱之情，生下儿女，都把他们当作货物看待。小孩刚换牙，就被父兄卖掉，用以谋取钱财。如果得不到满足，就偷捉别人家的孩子，用枷锁捆绑住手脚。甚至有些成年人，力量敌不过别人，都屈服做了奴仆。还经常出现拦路掠夺和残杀的现象，并渐渐成了风气。有幸能够长大的，就抓住弱小的。汉族官吏利用这些恶习为自己谋私利，只要能买到僮仆，就放任这种罪恶行为而不加追究。因此东南沿海的人口越来越少。这些被贩卖的小孩很少有能够自己逃脱的，只有十一岁的幼童区寄逃脱了，这也是个奇迹吧。桂州都督府属下的官吏杜周士把这件事告诉了我。

区寄是柳州的一个打柴放牧的小孩。（一天）正在放牧打柴，被两个强盗劫持并反绑着两手，用布塞住了口，被带到四十里以外的集市上去卖。区寄装出小孩啼哭的样子，表现出小孩害怕颤抖的常态。强盗觉得他好对付（放松了警惕），相对喝得大醉。此后一个人到集市上去进行交涉，一个人躺下了，把刀插在地上。区寄暗中窥察等这个人睡着了，把绑缚双手的绳子背靠着刀刃，用力一上一下地磨，磨断了绳子；就用刀把睡觉的强盗杀了。还没来得及跑远，到集市上谈价钱的那个人回来了，抓住了他，区寄非常恐惧，那人要杀他。区寄急忙说："做两个人的奴仆，怎么比得上给一个人做奴仆？那个人对我不好，你如果确实能保全我的性命，对我好一些，让我干什么都可以。"这个强盗想了很久说："与其杀了这个小孩，不如卖了他；与其和那个人一起分卖小孩所得的钱，怎么比得上我一个人独得？幸好小孩把他杀了，很好。"就把尸体埋好，带着区寄到了买主家。又把他绑上，并且绑得更加牢固了。半夜，区寄转过身，用炉火把绑手的绳子烧断了，虽然烧伤了手也不害怕；又拿刀把第二个强盗杀了。接着大声呼喊。整个集市都被惊动了。区寄说："我是区家的小孩，不应当被卖为奴。这两个强盗抓住了我，幸好我把他们都杀了！希望能让官府知道。"

管集市的官吏报告了州官，州官又报告上级，知府召见他，发现他只是一个幼弱老实的小孩。刺史颜证认为区寄是神童，想把他留下做个小官吏，区寄不肯，只好送给他一些衣服，并派官吏保护他还乡。乡里那些专门从事绑架的人贩子，不敢正视他，也没有敢从他家门口走过的。都说："这个小孩比秦武阳小两岁，却杀了两个强盗，谁还敢去招惹他呢！"

欧阳修

欧阳修（1007—1072），字永叔，自号醉翁，六一居士。宋朝庐陵（今江西吉安）人。出身贫寒，四岁死了父亲，二十四岁中进士，曾参加范仲淹领导的政治革新运动，直言敢谏，因而屡遭保守派排斥打击。后官至枢密副使、参知政事，政治态度渐趋保守。欧阳修是北宋中期诗文革新运动领袖，"唐宋八大家"之一，在诗、词方面也很有成就。他好贤才，奖掖后进，团结和培养了王安石、曾巩、苏轼等许多著名作家。作品甚丰，有《欧阳文忠公集》一百五十三卷。

朋　党　论

【题解】

本文是欧阳修批驳保守派攻击范仲淹等革新派"引用朋党"的政治论文。文章列举各个朝代事例，论述兴亡治乱和朋党的关系，提出"朋党""自古有之"，只有"退小人之伪朋，用君子之真朋"，才能治理好国家。文章正反事例充分，逻辑严密，说理平和而又颇有锋芒。

【原文】

臣闻朋党之说，自古有之，惟幸人君辨其君子小人而已。大凡君子与君子，以同道为朋；小人与小人，以同利为朋。此自然之理也。

然臣谓小人无朋，惟君子则有之。其故何哉？小人所好者，利禄也；所贪者，货财也。当其同利之时，暂相党引以为朋者，伪也。及其见利而争先，或利尽而交疏，则反相贼害。虽其兄弟亲戚，不能相保。故臣谓小人无朋，其暂为朋者，伪也。君子则不然。所守者道义，所行者忠信，所惜者名节。以之修身，则同道而相益；以之事国，则同心而共济。终始如一，此君子之朋也。故为人君者，但当退小人之伪朋，用君子之真朋，则天下治矣。

尧之时，小人共工、驩兜等四人为一朋，君子八元、八恺十六人为一朋[1]。舜佐尧，退四凶小人之朋，而进元、恺君子之朋，尧之天下大治。及舜自为天子，而皋、夔、稷、契等二十二人，并立于朝，更相称美，更相推让，凡二十二人为一朋。而舜皆用之，天下亦大治[2]。

《书》曰："纣有臣亿万，惟亿万心；周有臣三千，惟一心[3]。"纣之时，亿万人各异心，可谓不为朋矣，然纣以亡国。周武王之臣三千人为一大朋，而周用以兴。

后汉献帝时，尽取天下名士囚禁之，目为党人[4]。及黄巾贼起，汉室大乱，后方悔悟，尽解党人而释之，然已无救矣[5]。

唐之晚年，渐起朋党之论。及昭宗时，尽杀朝之名士，或投之黄河，曰："此辈清流，可投浊流[6]。"而唐遂亡矣。

夫前世之主，能使人人异心不为朋，莫如纣；能禁绝善人为朋，莫如汉献帝；能诛戮清流之朋，莫如唐昭宗之世。然皆乱亡其国。更相称美推让而不自疑，莫如舜之二十二臣。舜亦不疑而皆用之。然而后世不诮舜为二十二人朋党所欺，而称舜为聪明之圣者，以能辨君子与小人也。周武之世，举其国之臣三千人共为一朋，自古为朋之多且大，莫如周，然周用此以兴者，善人虽多而不厌也。

嗟乎！治乱兴亡之迹，为人君者，可以鉴矣。

【注释】

〔1〕四人：指共工、兜、鲧、三苗。即下文所说的"四凶"。八元：传说是高辛氏（帝喾）的八个有德才的臣子：伯奋、仲堪、叔献、季仲、伯虎、仲熊、叔豹、季狸。八恺：传说是高阳氏（颛顼）的八个有德才的臣子：苍舒、陨敳、梼戭、

大临、龙降、庭坚、仲容、叔达。

〔2〕皋（皋陶）、夔（后夔）、稷（后稷）、契：相传是尧、舜时管刑法、音乐、农事、文教的贤臣。

〔3〕上文引自《尚书·周书·泰誓》。

〔4〕汉献帝：名刘协。东汉最后一个皇帝。

〔5〕黄巾：即黄巾军，汉末以黄巾裹头为标志的农民起义军。

〔6〕唐昭宗：名李晔，889年至904年在位。

【译文】

臣欧阳修听到朋党的说法，从古以来就有，只希望君主能辨明君子与小人罢了。大概君子与君子，以志同道合为朋党；小人与小人，以利害相同为朋党，这是自然的道理。

但是我说小人没有朋党，只有君子才有。这原因是什么呢？因为小人所喜爱的是利禄，所贪图的是财物，当他们利益相同时，暂时互相勾结为朋党，这是假的。到有了利益而争夺起来，或者利益尽了，交游疏远，反而互相残害，即使是兄弟亲戚，也不能互相保护，所以臣说小人没有朋党，他们暂时结成的朋党是假的。君子却不是这样，他们所信守的是道义，所奉行的是忠信，所爱惜的是名节，以这些修养自身，就因志同道合而互相促进；以这些来为国家做事，就同心而共济，始终如一，这就是君子的朋党。所以当君王的，应当斥退小人的假朋党，信用君子的真朋党，那么天下就会大治了。

古代帝尧的时候，小人共工、驩兜、三苗、鲧四人为一朋党，君子八元（伯奋、仲堪、叔献、季仲、伯虎、仲熊、叔豹、季狸）八恺（苍舒、隤敳、梼戭、大临、龙降、庭坚、仲容、叔达）十六人为一朋党。舜辅佐尧，斥退四凶共工等的朋党，而进用元、恺等君子的朋党，所以帝尧的天下得到大治。等到舜自己做了天子，皋、夔、稷、契等四岳、九官、十二牧共二十二人，并立在朝廷，互相赞誉，互相推让，这二十二人为一朋党，而舜对他们都加以重用，天下也得到大治。

《尚书》上说："殷纣有臣子亿万，但有亿万条心；周有臣子三千，但只有一条心。"殷纣的时候，亿万人各有一条心，可以说不是朋党了，但殷纣终于亡国身死。周武王的臣子，三千人为一个大朋党，而周武王任用他们，周朝因此兴盛起来。

东汉献帝的时候，把天下的贤人名士都囚禁起来，认为他们是党人。到了黄巾军起事，汉朝大乱以后，才后悔起来，明白觉悟了，解除了党禁，把党人全部释放，然而汉朝的天下已经不可救药了。

唐朝的晚期，又渐渐挑起了有关朋党的议论。到昭宗时，杀尽了朝廷中的名士，或者把他们捆住手脚，投入黄河，并说："这些说自己是清流的人，可以投进黄河的浊流之中。"此后唐朝便灭亡了。

那些前世的君主，能使人人心怀异心不为朋党的，没有比得上殷纣的了；能禁止断绝贤人不结朋党的，都比不上汉献帝；能诛杀清流名士的朋党，都比不上唐昭宗时期了，然而他们都因为战乱使国家灭亡。互相赞美称誉，你推我让而不疑心，都比不上舜的二十二臣，舜也毫不怀疑而任用他们。后世人并不讥讽舜为二十二人的朋党所欺瞒，反而称舜是聪明的圣君，因为舜能辨别君子和小人。周武王的时候，国中的三千臣子共为一个朋党，古时朋党人数很多而且大，都比不上周朝了，但是周朝任用他们而兴盛起来，良善的人虽然多而不厌倦他们。

唉呀！天下大治大乱兴起衰亡的事迹，做君王的人可以拿来作为镜子了。

《梅圣俞诗集》序

【题解】

梅尧臣（1002—1060），字圣俞，北宋时著名的现实主义诗人。他的诗以质朴、清新称美，在荡涤宋初浮靡晦涩诗风中起了很大作用。欧阳修是梅的好友，梅死后，欧阳修将他的诗编为《梅圣俞诗集》，并写了这篇序。序中对梅尧臣穷困的一生表示深切的痛惜和不平，对他的诗给予了很高的评价，并提出了"诗穷而后工"的理论，较为深刻地概括了我国古代优秀诗人创作和生活的关系。

【原文】

予闻世谓诗人少达而多穷，夫岂然哉？盖世所传诗者，多出于古穷人之辞也。凡士之蕴其所有，而不得施于世者，多喜自放于山巅水涯之外，见虫鱼草木、风云鸟兽之状类，往往探其奇怪。内有忧思感愤之郁积，其兴于怨刺，以道羁臣寡妇之所叹，而写人情之难言。盖愈穷则愈工。然则非诗之能穷人，殆穷者而后工也。

予友梅圣俞，少以荫补为吏，累举进士，辄抑于有司，困于州县，凡十余年。年今五十，犹从辟书，为人之佐。郁其所蓄，不得奋见于事业。其家宛陵，幼习于诗。自为童子，出语已惊其长老。既长，学乎六经仁义之说〔1〕。其为文章，简古纯粹，不求苟说于世。世之人徒知其诗而已。然时无贤愚，语诗者必求之圣俞。圣俞亦自以其不得志者，乐于诗而发之。故其平生所作，于诗尤多。世既知之矣，而未有荐于上者。

昔王文康公尝见而叹曰："二百年无此作矣〔2〕！"虽知之深，亦不果荐也。若使其幸得用于朝廷，作为雅、颂，以歌咏大宋之功德，荐之清庙，而追商周鲁颂之作者，岂不伟欤？奈何使其老不得志而为穷者之诗，乃徒发于虫鱼物类、羁愁感叹之言？世徒喜其工，不知其穷之久而将老也，可不惜哉！

圣俞诗既多，不自收拾。其妻之兄子谢景初〔3〕，惧其多而易失也，取其自洛阳至于吴兴以来所作，次为十卷。予尝嗜圣俞诗，而患不能尽得之。遽喜谢氏之能类次也，辄序而藏之。

其后十五年，圣俞以疾卒于京师。余既哭而铭之，因索于其家，得其遗稿千余篇，并旧所藏，掇其尤者，六百七十七篇，为一十五卷。呜呼！吾于圣俞诗，论之详矣，故不复云。

【注释】

〔1〕六经：指儒家经典著作《诗》、《书》、《易》、《礼》、《乐》和《春秋》六种。

〔2〕王文康公：王曙（963—1034），字晦叔，河南人，仁宗时累官至枢密使、同中书门下平章事，卒谥文康。

〔3〕谢景初（1020—1084）：字师厚，富阳人。庆历进士，博学能文，尤长于诗。

【译文】

我听到世上人都说诗人命运通达的少，穷困的多，真的是这样吗？世上人所传诵的诗，多出自古时穷困人的言辞。大凡士人胸中蕴藏着广博的学问，而不能在世上施行运用，多喜欢放浪于山峰水涯之外，见了虫鱼草木鸟兽的形状，以及风云的变幻，往往探索其奇怪的原因。忧思感伤愤慨郁积于内心，兴起了怨恨讽刺的诗情，以表达在远方做官的臣子、寡妇所叹息感慨的思绪，而抒写人情感的难处，大约人越穷困而诗越工巧雅致。但是并不是作诗能使人穷困，而是人穷困才能作出工巧雅致的诗。

我的朋友梅圣俞，少年时候，以祖上的庇荫，照例补做了一个小官吏。屡次考进士，常常不被主司喜欢，穷困落拓于州县，有十几年。今年五十岁了，还接受聘书，做人家的幕僚辅佐，满腹才能郁结，不能在事业上有所作为。他的家乡在宛陵郡，幼年习学诗文，儿童时，他写的诗文已惊动了长者。长大了，又学习研究六经仁义的学说。他写的文章，简洁古朴纯粹，不苟且迎合世俗人的一般见识。世人也只知道他的诗歌而已。然而在当时不论贤者或愚笨之人，谈论到做诗，必然去求教梅圣俞。圣俞因为自己不得志，也乐于在诗歌上发挥情感，所以他平生所作，诗歌为最多。世人既然知道了解他，但没有举荐他到朝廷上去。

以前王文康公晦叔，曾经看到圣俞的诗篇，叹息说："二百年来没有出现过这样的诗作了！"虽然了解得很深，但也没有举荐他。假如他幸运，被朝廷所任用，作雅、颂之诗来歌咏大宋朝的功德，进献到祭祀德高望重者的清庙中去，追随那《商颂》、《周颂》、《鲁颂》的作者，岂不是很伟大么？怎么使他到老都不得志，只能做穷困人的诗，不过发泄于虫鱼鸟兽物类和羁旅愁苦感叹的情意呢？世人只是喜欢他的诗写得工巧雅致，却不知道他的穷困已经很久而且快要老了，岂不是很可惜？

圣俞的诗已然很多，却不肯自己收拾。他的内侄子谢景初，害怕因诗数目多而遗失，就将他从洛阳到吴兴以来的诗作分编为十卷。我很喜欢圣俞的诗，而却怕得不到全部作品。庆幸现在突然得到谢氏分编的诗集，所以就作了一篇序言而收藏起来。

过了十五年，圣俞因病死于京城，我痛哭失声，为他作了墓志铭。又在他的家中，搜集到他的遗作千余篇，加上原来珍藏的旧作，从中选摘了六百七十七篇，编为十五卷。唉！我对梅圣俞的诗，评论已经很详细了，所以就不再说了。

梅尧臣

唐宋八大家散文

〇五七

五代史伶官传序

【题解】

《新五代史》是欧阳修编撰的一本史书，记载了自后梁（907）始，经后唐、后晋、后汉至后周显德七年（960）共五十三年的历史。《伶官传》记载后唐庄宗李存勖宠幸伶官，沉溺酒色，最后死于兵变的史实。这篇序便是对此而发的评论。作者通过后唐盛衰过程的分析，总结出"忧劳可以兴国、逸豫可以亡身"的历史教训，强调了"人事"对国家兴亡所起的重要作用。文章叙事、说理紧密结合，反复运用盛衰对比、欲扬先抑的手法，有较强的说服力。

【原文】

呜呼！盛衰之理，虽曰天命，岂非人事哉！原庄宗之所以得天下，与其所以失之者，可以知之矣[1]。

世言晋王之将终也[2]，以三矢赐庄宗，而告之曰："梁，吾仇也[3]；燕王，吾所立[4]，契丹，与吾约为兄弟[5]，而皆背晋以归梁。此三者，吾遗恨也。与尔三矢，尔其无忘乃父之志！"庄宗受而藏之于庙。其后用兵，则遣从事以一少牢告庙，请其矢，盛以锦囊，负而前驱，及凯旋而纳之。

方其系燕父子以组[6]，函梁君臣之首[7]，入于太庙，还矢先王，而告以成功。其意气之盛，可谓壮哉！及仇雠已灭，天下已定，一夫夜呼，乱者四应，仓皇东出，未见贼而士卒离散，君臣相顾，不知所归，至于誓天断发，泣下沾襟，何其衰也[8]！岂得之难而失之易欤？抑本其成败之迹，而皆自于人欤？

《书》曰："满招损，谦得益。"忧劳可以兴国，逸豫可以亡身，自然之理也。故方其盛也，举天下之豪杰，莫能与之争；及其衰也，数十伶人困之，而身死国灭，为天下笑[9]。夫祸患常积于忽微，而智勇多困于所溺，岂独伶人也哉？

唐宋八大家散文

【注释】

　　〔1〕庄宗：李存勖消灭后梁，建立后唐，自为皇帝，是为庄宗。

　　〔2〕晋王：指庄宗之父李克用，本沙陀部族首领，助唐镇压黄巢起义有功，封为晋王。

　　〔3〕梁：梁太祖朱全忠，曾在上源驿宴请李克用，阴谋放火将李烧死，未成，结怨。

　　〔4〕燕王：刘仁恭得李克用之助，崛起于燕，后叛归梁。

　　〔5〕契丹：辽太祖耶律阿保机，曾与李克用约为兄弟，共同攻梁。

　　〔6〕系燕父子以组：乾化元年（911），刘仁恭之子刘守光自称大燕皇帝，李存勖攻燕，至三年灭之，燕王父子被擒。

后唐庄宗·李存勖

　　〔7〕函梁君臣之首：龙德三年（923），李存勖攻梁，梁末帝朱友贞被其部将皇甫麟杀死，麟亦自杀，梁亡。

　　〔8〕一夫夜呼……泣下沾襟：同光四年（926），一介武夫皇甫晖，拥兵作乱，攻入邺都（河南安阳），庄宗派李嗣源平乱，李嗣源到邺都后亦叛，引兵攻洛阳，庄宗仓皇东出，逃往汴州（河南开封），诸军离散，狼狈不堪，仅亲信百余人拔刀断发，表示誓死效忠，君臣相对哭泣。

　　〔9〕数十伶人困之，而身死国灭：庄宗灭梁后，纵情声色，宠信伶人。同光四年伶人郭从谦作乱，庄宗中流矢死。

【译文】

　　唉！历代兴亡盛衰的道理，虽然说是天命，难道也不是人为的原因吗？考证后唐庄宗李存勖之所以得到天下，与其所以失去天下的原因，就可以知道了。

　　世上人都说庄宗之父晋王李克用临死的时候，把三支箭赐给庄宗，告诉他说："梁国是我的仇敌。燕王刘守光是我亲手扶立起来的；契丹与我结为兄弟，但他们都背叛了晋而归附了梁国。这三件事是我的遗恨，给你三支箭，你不要忘记父亲的志向！"庄宗接受了箭，珍藏在宗庙里。后来逢到用兵打仗，就派遣主事的人，用一只羊供献到宗庙，祭告祖先，请出三支珍藏的箭放在锦囊之中，背负上锦囊为大军的先导。到大军凯旋而归，仍然恭敬地把箭珍藏于宗庙。

当庄宗把燕王刘守光父子用绳子捆缚起来，把后梁末帝朱瑱乾父子的首级装在木匣中，供献在太庙里，缴还先王李克用的三支箭，敬告列祖列宗大功告成的时候，他意气凌盛，可以说是很雄壮的了！到了仇敌已经消灭，天下已经平定，一个人夜间大声呼喊，作乱的人四方响应，庄宗仓皇起来向东逃去，还没有见到贼人，士卒就纷纷离开散去，君王臣子面面相觑，不知回到何处去。甚至于对天发誓，割下头发，眼泪掉下来沾湿了衣襟，这时是多么地衰弱颓败呀！岂不是得天下艰难，失天下容易么？追究庄宗成功失败的事迹，而都是出自人为的原因吗？

《书经》上说："骄傲自满招致损失，谦虚谨慎得到利益。忧虑辛劳可以兴盛国家，安逸享乐可以伤害身体。"这是自然的道理。所以在他兴盛的时候，天下所有的豪杰都不能和他争雄；到他衰败时，几十个以技艺为职业的伶人围困他，把他杀死，后唐从此灭亡，成为天下人的笑柄。凡是祸患，常常积累于细微的事情，而智勇的人，多困陷于他的嗜好之中，难道只有伶人是这样的？

醉翁亭记

【题解】

本文是欧阳修被贬为滁州太守后写的一篇近于赋体的山水游记。作者以精练、生动的语言，描述了自己与游客在醉翁亭中开怀畅饮的欢快情景以及亭外变化多姿的自然风光，表达了"与民同乐"的思想情怀。

【原文】

环滁皆山也。其西南诸峰，林壑尤美。望之蔚然而深秀者，琅琊也[1]。山行六七里，渐闻水声潺潺，而泻出于两峰之间者，酿泉也。峰回路转，有亭翼然临于泉上者，醉翁亭也。作亭者谁？山之僧智仙也。名之者谁？太守自谓也。太守与客来饮于此，饮少辄醉，而年又最高，故自号曰醉翁也[2]。醉翁之意不在酒，在乎山水之间也。山水之乐，得之心而寓之酒也。

若夫日出而林霏开，云归而岩穴暝，晦明变化者，山间之朝暮也。野芳发而幽香，佳木秀而繁阴，风霜高洁，水落而石出者，山间之四时也。朝而往，暮而归，四时之景不同，而乐亦无穷也。

至于负者歌于途，行者休于树，前者呼，后者应，伛偻提携，往来而不绝者，滁人游也。临溪而渔，溪深而鱼肥；酿泉为酒，泉香而酒洌；山肴野蔌，杂然而前陈者，太守宴也。宴酣之乐，非丝非竹，射者中，弈者胜，觥筹交错，坐起而喧哗者，众宾欢也。苍颜白发，颓乎其中者，太守醉也。

已而夕阳在山，人影散乱，太守归而宾客从也。树林阴翳，鸣声上下，游人去而禽鸟乐也。然而禽鸟知山林之乐，而不知人之乐；人知从太守游而乐，而不知太守之乐其乐也。醉能同其乐，醒能述以文者，太守也。太守谓谁？庐陵欧阳修也[3]。

【注释】

〔1〕琅琊：山名，在今安徽滁州市西南十里，相传东晋琅琊王司马睿曾避难于此，故名。

〔2〕醉翁：欧阳修别号，其《题滁州醉翁亭》诗说："四十未老，醉翁偶题篇，醉万物，岂复记吾年。"在《赠沈遵》中又说："我年四十犹强力，自号醉翁聊戏客。"反映了他遭贬来到滁州后的愤懑心情。

〔3〕庐陵：郡名，东汉置，宋改名吉州（江西吉水）。欧阳修为吉州永丰（江西吉安）人，其先代为庐陵大族，故自称如此。

【译文】

滁州城的四面被山环绕着。城西南的许多山峰，树林壑谷尤其美丽。远远望去草木茂盛而深秀的地方，是琅琊山。沿着山路行走六七里，渐渐听到水声潺潺，从两个山峰之间泻出水流，即是酿泉。山峰回环，山路随着旋转，有一个亭子像鸟儿张开的翅膀一样，建在泉水之上，这就是醉翁亭。修造亭子的是谁？山中的和尚智仙。为亭子命名的是谁？太守自己称呼的。太守与众宾客来此地设宴饮酒，往往喝了少量的酒就醉了，而太守的年纪又最大，所以自己称号为醉翁。醉翁的本意并不在酒，在于山水的中间。游山玩水的快乐，在心灵里得到感受，而寄寓于饮酒之中。

至于太阳升起，林中的雾气散开；白云飘浮，山里的幽谷和岩洞便黑暗了，阴暗与明亮交替变化，这是山间的晚上和早晨。野花开放，发出阵阵幽香；佳木深秀，枝叶繁盛而有庇荫；风霜高而洁净；泉水落下而岩石现出，这是山间四时的景色。早晨出游，夜晚回家，春夏秋冬四时的景致不同，而乐趣也是无穷尽的。

至于背负东西的人在路上边走边唱歌，行路的人在树下休息，前面的人呼喊，后面的人答应。老年人弯着腰走，小孩由大人搀扶着，来来往往不绝的，是滁人在游乐。面临着溪水钓鱼，溪水幽深而鱼儿肥大；以酿泉的水造酒，泉水清香而酒味清醇；以山里出产的野兽、蔬菜作成菜肴，夹杂在桌上陈列，是太守设的宴席。酒宴酣畅时做游戏，不弹奏琴瑟，不吹奏箫笛，而是玩投壶戏，有人把箭投进了壶中；下起围棋，有人取胜；行起酒令，酒杯酒筹交错。有人坐着，有人立起，一片喧哗声，这是众宾客在欢喜作乐。容颜苍老、满头白发，倒伏在中间，这是太守吃酒醉了。

不久夕阳快要落山，人的影子凌乱四散，太守归去而宾客相从。树林阴暗隐蔽，鸟儿上上下下鸣叫，游人已离去而禽鸟快乐。然而禽鸟只知道山林中的快乐，而不知道人的快乐；滁人只知道跟着太守游玩的快乐，而不知道太守快乐在滁人的快乐之中。醉酒时能和大家一起快乐，酒醒时能做文章记述此事的，是太守。太守是谁？就是江西庐陵的欧阳修。

秋 声 赋

【题解】

　　肃杀的秋景，常常是昔日的文人借以抒写感伤、惆怅心情的题材，《秋声赋》正是这一类作品的代表作。作者把秋色写得可见可闻，由秋风的来临，联想到万物的凋零，继而联想到人生的易老，抒发出对于世事艰难、人生道路坎坷的感慨。本文写景、抒情、叙事、议论浑然一体，在句法上，整齐而富于变化，参差而不散乱，并善用独白来表达思想感情的波折与自我解脱，体现了散文赋的重要特点。

【原文】

　　欧阳子方夜读书，闻有声自西南来者，悚然而听之，曰："异哉！"初淅沥以潇飒，忽奔腾而砰湃，如波涛夜惊，风雨骤至。其触于物也，鏦鏦铮铮，金铁皆鸣；又如赴敌之兵，衔枚疾走，不闻号令，但闻人马之行声。予谓童子："此何声也？汝出视之。"童子曰："星月皎洁，明河在天，四无人声，声在树间。"

予曰："噫嘻悲哉！此秋声也，胡为乎来哉？盖夫秋之为状也，其色惨淡，烟霏云敛；其容清明，天高日晶；其气慄冽，砭人肌骨；其意萧条，山川寂寥。故其为声也，凄凄切切，呼号奋发。丰草绿缛而争茂，佳木葱茏而可悦；草拂之而色变，木遭之而叶脱；其所以摧败零落者，乃一气之余烈。夫秋，刑官也，于时为阴[1]；又兵象也，于行为金[2]；是谓天地之义气，常以肃杀而为心[3]。天之于物，春生秋实。故其在乐也，商声主西方之音，夷则为七月之律[4]。商，伤也，物既老而悲伤；夷，戮也，物过盛而当杀。嗟夫！草木无情，有时飘零。人为动物，惟物之灵，百忧感其心，万事劳其形，有动乎中，必摇其精。而况思其力之所不及，忧其智之所不能，宜其渥然丹者为槁木，黟然黑者为星星。奈何以非金石之质，欲与草木而争荣？念谁为之戕贼，亦何恨乎秋声？"

童子莫对，垂头而睡。但闻四壁虫声唧唧，如助予之叹息。

【注释】

〔1〕刑官：周朝以天、地、春、夏、秋、冬作为官名，秋官大司寇，掌管刑法。古人又以春夏为阳，秋冬为阴。春为阳中，万物以生；秋为阴中，万物以成。

〔2〕兵象：古代征伐多在秋季，故秋为兵象。古人以金、木、水、火、土五行分属四季，秋季属金。

〔3〕义气：《礼记·乡饮酒义》："天地严凝之气，始于西南，而盛于西北，此天地之尊严气也，此天地之义气也。"《孔疏》："西南，象秋始。"

〔4〕商声：古人以五声（宫商角徵羽）和四季相配，商为秋声。又以四方（东南西北）和四季相配，秋为西方。夷则：又以十二律（黄钟、大吕、太簇、夹钟、姑

洗、仲吕、蕤宾、林钟、夷则、南吕、无射、应钟）和十二月相配，夷则为七月。

【译文】

　　欧阳子正在夜间读书，只听到有声音从西南方传来，惊恐地去听。说道："奇怪得很啊！"开始像渐渐沥沥的雨声，萧瑟的风声，忽然如波浪奔腾汹涌，夜间的惊涛骇浪，暴风雨骤然而至。接触在物体之上，发出钑钑铮铮的声音，金铁都在鸣叫。又好像出发去和敌人打仗的兵士，嘴里衔着竹枚快走，听不到号令，只听得人和马的行走之声。我对书童说道："这是什么声音？你出去看一看。"书童返回来告诉我："明月星光皎洁，银河横在天上，四处没有人声，声音是从树木之间发出的。"

　　我说："唉呀！可悲哪！这是秋天的声音，为什么来的呢？秋天的形状，它的颜色惨淡，烟气云气收敛；它的容色清明，天高而日光明亮；它的气候阴冷，刺人肌骨；它的意象萧条，山川冷清寂静寥阔。所以它的声音凄凄切切，呼号声奋起。秋天来临的时候，野草繁盛争荣，佳木郁郁葱葱，十分可爱。然而秋风一到，拂过花草，花草的颜色改变；树木遭遇到，树叶便脱落了，其所以摧残败坏零落，因为是一种气候的余威。秋天，本是刑官执行其事情的时候，这时候属阴；它的表象是用兵之象，在五行上为金。是所谓的天地肃杀之气，经常以摧残杀死万物为本意。上天对于万物，春天萌生，秋天结出果实。所以在音乐方面，秋天为五音中的商声，是西方的音律，七月的律令是一年十二律令中的夷则之律。商声，是悲伤的意思，万物渐渐老去，接近死亡，使人悲伤；夷，是杀死的意思，万物太多太繁应当杀死一些。唉！草木无情，不时飘零沦落，人是一种动物，是万物中最灵应的。千百种忧虑感动他的心，万般事务劳累他的形体。凡是能感动他的，必定动摇他的精神。况且还要思念他的力量所办不到的，忧虑他的智力所想不出来的！于是满面红光的容貌，忽然变成了枯木一般，如漆一般光亮的黑发，忽然变得雪白，并非金石质的形体，怎么能与草木争一日之荣？想到是谁来残害，又何必恨那秋天的声音呢？"

　　童子不能对答，低头便睡着了。只听见四壁秋虫唧唧鸣叫，好像在呼应我的叹息之声。

唐宋八大家散文

送徐无党南归序 [1]

【题解】

皇祐年间徐无党以南省第一人考中进士，知名文坛。及第以后回故乡去，这是作者为他所写的临别赠序。徐生新科及第，名列前茅，不免会有骄矜得意之色，因此赠序论述立德、立功、立言三者的关系，强调历久不朽，修身第一，感叹只靠文章是难以不朽的，终生在文字上用功夫是可悲的。从中反映关于道德重于文章的观点。这些看法，既是勉励他的学生，也是自我警戒，更见语意深挚。文中运用对比手法，显出文章传世之难；引用事例，精当明确；生发议论，自然生动。

【原文】

草木鸟兽之为物，众人之为人，其为生虽异，而为死则同，一 [2] 归于腐坏、澌尽 [3]、泯灭而已。而众人之中，有圣贤者，固亦生且死于其间，而独异于草木鸟兽众人者，虽死而不朽，逾远而弥存也。其所以为圣贤者，修之于身，施之于事，见 [4] 之于言，是三者所以能不朽而存也。

修于身者，无所不获；施于事者，有得有不得焉；其见于言者，则又有能有不能也。施于事矣，不见于言可也。自《诗》、《书》、《史记》所传，其人岂必皆能言之士哉？修于身矣，而不施于事，不见于言，亦可也。孔子弟子有能政事者矣，有能言语者矣 [5]，若颜回者，在陋巷，曲肱 [6] 饥卧而已，其群居则默然终日如愚人。然自当时群弟子皆推尊之，以为不敢望而及，而后世更百千岁亦未有能及之者。其不朽而存者，固不待施于事，况于言乎？

予读班固《艺文志》、唐四库书目，见其所列，自三代、秦、汉以来，著书之士，多者至百余篇，少者犹三四十篇；其人不可胜数，而散亡磨灭，百不一二存焉。予窃悲其人，文章丽矣，言语工矣，无异草木荣华之飘风，鸟兽好音之过耳也。方其用心与力之劳，亦何异众人之汲汲营营[7]？而忽焉以死者，虽有迟有速，而卒与三者[8]同归于泯灭。夫言之不可恃也盖如此。今之学者，莫不慕古圣贤之不朽，而勤一世以尽心于文字间者，皆可悲也。

东阳徐生[9]，少从予学为文章，稍稍见称于人。既去，而与群士试于礼部，得高第[10]，由是知名。其文辞日进，如水涌而山出。予欲摧其盛气而勉其思也[11]，故于其归，告以是言。然予固亦喜为文辞者，亦因以自警焉。

【注释】

〔1〕徐无党：婺州永康（今浙江永康）人。曾从欧阳修学古文，并为其所撰《新五代史》作注。南归：徐及第后自京都回乡，故曰南归。

〔2〕一：全部。

〔3〕澌尽：消失净尽。澌，消解、融化。

〔4〕见：同"现"。

〔5〕孔子将其弟子分为四类：德行、言语、政事、文学。

〔6〕曲肱：弯曲胳膊当作枕头。

〔7〕汲汲营营：不停地追求、经营，多贬义。

〔8〕三者：草木、鸟兽、众人。

〔9〕东阳：宋永康县属婺州东阳郡。

〔10〕高第：名列前茅。徐以南省第一人登进士第。

〔11〕勉其思也：勉励徐努力思考立德、立功、立言这三不朽的关系。

【译文】

草木、鸟兽是动物，芸芸众生是人，人与物在生存的时候是有区别的，但在死后却是相同的：那就是都会走向肉体的腐烂、精神的消亡，一切化为乌有。但是普通人中有称为圣贤的人，他们虽然也在天地间生存、死亡，但跟草木、鸟兽、普通人有着不同的独到之处：即使死了也永垂不朽，时代越远越显示出他们存在的价值。他们成为圣贤的原因是：修养自身的品德，施展才能干一番事业，并且有言论著作流传于世，这三者就是圣贤之人能不朽的原因。

　　修养自身的品德，一定会有收获；干一番事业，有的能成功，有的失败；言论著作，又有的能做到，有的不能做到。干了一番事业，即使没有著书立说也可以。从《诗》、《书》、《史记》以来的书中所记载的那些人，难道一定都是善于言辞的人吗？修养自身的品德，却没有干一番事业，没有用言辞表现出来，也是可以的。孔子的弟子中，有善于政事的人，有善于言辞的人，像颜回，住在陋巷之中，忍饥挨饿，弯着臂膀当枕头睡觉，和大家在一块整天默默不语，好像是一个傻子。但是，在当时，孔门的弟子们都推崇敬重他，认为自己远远落后，比不上他，难以望其项背。而且他死后过了百年、千年，也没有人能赶上他。因此，不朽永存的原因，本来就不在于要干一番突出的事业，何况是言辞呢？

　　我读班固《汉书·艺文志》和唐代的四库书籍的标目，看到其中所列的从夏、商、周、秦、汉以来的著书人士，写得多的达到百余篇，写得少的也有三四十篇。著书人更是不计其数。但他们的著作大都散失毁灭，留传下来的不到百分之一、二。我私下为那些人感到悲痛：文章够华丽了，语言够工巧了，但这些东西，就像草木的花朵随风飘散，鸟兽的叫声过耳即逝。当他们用尽精力写作的时候，又与别人为生计匆忙奔走有什么差别呢？而转眼间死去，虽然速度有快有慢，却最终要与草木、鸟兽、众人一样归于泯灭，看来言辞不足以依靠，大抵都是这样。现在的学者，没人不向往古代圣贤的不朽，但是把一生的精力全部花在写文章上，都是可悲的事啊！

　　东阳郡的徐生，年轻时跟我学写文章，以后逐步得到人们赞赏了。离开我以后，跟一群读书人在礼部参加进士考试，获得高第，因而出了名。他的文章言辞日益进步，好像水波滚滚，高山耸立。我想压抑一下他得意的神气，勉励他多多思考。所以在他南归回家的时候，用这些话来告诫他。而我自己本来也是喜欢写文章的人，也用这篇文章来警戒自己啊。

苏 洵

苏洵（1009—1066），宋代著名散文家。眉州眉山（今属四川）人，字明允，号老泉，年二十七始发愤为学。仁宗庆历七年（1047）举进士、茂才异等科，均不中。归家悉焚以前所作文章，闭门读书五六年，遂通六经百家之说，下笔顷刻千言。嘉祐元年（1056）与二子苏轼、苏辙同至汴京。张方平荐其父子于宰相韩琦、翰林学士欧阳修。欧阳修上其文二十二篇于仁宗，受到赏识。士大夫争传之，一时学者竞效苏氏为文，授秘书省校书郎。不久，以霸州文安县主簿参加修纂建隆以来礼书。成《太常因革礼》一百卷，又更定《谥法》三卷。英宗治平三年卒。长于古文，曾巩称为"英雄壮俊伟，若决江河而下也；其辉光明白，若引星辰而上也。"与苏轼、苏辙并称"三苏"。著有《嘉祐集》。

管 仲 论

【题解】

本文强调"荐贤"对国家长治久安的重要作用，批评管仲临死不能推荐贤人代替自己，因而给小人以可乘之机，留下齐国内乱的祸根。在高度专权的封建社会，一个有影响的政治家的去世往往影响政局的稳定，作者提出荐贤自代的主张是有见地的。

【原文】

管仲相桓公[1]，霸诸侯，攘夷狄，终其身齐国富强，诸侯不敢叛。管仲死，竖刁、易牙、开方用[2]，桓公薨于乱，五公子争立，其祸蔓延，讫简公，齐无宁岁[3]。

夫功之成，非成于成之日，盖必有所由起；祸之作，不作于作之日，亦必有所由兆。故齐之治也，吾不曰管仲，而曰鲍叔[4]；及其乱也，吾不曰竖刁、易牙、开方，而曰管仲。何则？竖刁、易牙、开方三子，彼固乱人国者，顾其用之者，桓公也。夫有舜而后知放四凶[5]，有仲尼而后知去少正卯[6]。彼桓公何人也？顾其使桓公得用三子者，管仲也。仲之疾也，公问之相。当是时也，吾意以仲且举天下之贤者以对，而其言乃不过曰："竖刁、易牙、开方三子，非人情，不可近"而已。

呜呼！仲以为桓公果能不用三子矣乎？仲与桓公处几年矣，亦知桓公之为人矣乎？桓公声不绝于耳，色不绝于目，而非三子者，则无以遂其欲。彼其初之所以不用者，徒以有仲焉耳。一日无仲，则三子者，可以弹冠而相庆矣。仲以为将死之言，要以絷桓公之手足耶？夫齐国不患有三子，而患无仲。有仲，则三子者，三匹夫耳。不然，天下岂少三子之徒哉？虽桓公幸而听仲，诛此三人，而其余者，仲能悉数而去之耶？呜呼！仲可谓不知本者矣。因桓公之问，举天下之贤者以自代，则仲虽死，而齐国未为无仲也。夫何患三子者，不言可也。

五伯莫盛于桓、文[7]。文公之才不过桓公，其臣又皆不及仲。灵公之虐，不如孝公之宽厚[8]。文公死，诸侯不敢叛晋。晋袭文公之余威，犹得为诸侯之盟主百有余年。何者？其君虽不肖，而尚有老成人焉。桓公之薨也，一败涂地，无惑也，彼独恃一管仲，而仲则死矣。

夫天下未尝无贤者，盖有臣而无君者矣。桓公在焉，而曰天下不复有管仲者，吾不信也。仲之书，有记其将死，论鲍叔、宾胥无之为人[9]，且各疏其短。是其心以为是数子者，皆不足以托国。而又逆知其将死，则其书诞谩不足信也。吾观史鳅，以不能进蘧伯玉而退弥子瑕，故有身后之谏[10]。萧何且死，举曹参以自代[11]。大臣之用心，固宜如此也。夫国以一人兴，以一人亡。贤者不悲其身之死，而忧其国之衰。故必复有贤者，而后可以死。彼管仲者，何以死哉？

【注释】

〔1〕桓公：即齐桓公，前685年至前643年在位，为春秋五霸中的第一位霸主。

〔2〕竖刁、易牙、开方：三人皆桓公宠信的近臣，竖刁为了进入内宫便自己阉割，易牙为了取得信任曾杀子作羹献给桓公，开方本魏国公子，抛弃父母到齐国求官。都违背了人之常情。

〔3〕五公子争立：齐桓公生前立公子昭（即后来的孝公）为继承人，死后其他五个公子（武孟、元、潘、商人、雍）也来争位，齐国大乱。继齐桓公之后的是孝公（即公子昭）、昭公（公子潘）、懿公（公子商人）、惠公（公子元）、顷公、灵公、庄公、景公、悼公，然后是简公（前484—前480），上距桓公之死，已经一百六十多年了。

〔4〕鲍叔：即鲍叔牙，少时与管仲相友，在公子小白与公子纠的争权斗争中，他佐小白，管仲佐纠，小白胜利做了国君，是为齐桓公，任他为卿，他辞谢，荐举管仲，齐国大治。

〔5〕四凶：传说舜为部落联盟首领时，四个凶人（共工、三苗、骥兜、鲧）作乱，被舜放逐。

〔6〕仲尼去少正卯：春秋时，孔子（字仲尼）为鲁司寇，因少正卯以五恶（心达而险、行辟而坚、言伪而辩、记丑而博、顺非而泽）乱政，诛之。

〔7〕五伯：即五霸。春秋时期，齐桓公、晋文公、宋襄公、楚庄王、秦穆公五人先后称霸。以齐桓公、晋文公为最盛。

〔8〕灵公：指晋灵公，晋文公之子。孝公：指齐孝公，齐桓公之子。

〔9〕宾胥无：齐国大夫，桓公时贤臣。

〔10〕史鲥：春秋时卫国大夫，卫灵公不用蘧伯玉而任弥子瑕，史鲥数谏不从，病将卒，命其子以尸谏，灵公悟，从之。

〔11〕萧何：汉高祖和惠帝时的宰相，虽与曹参不和，但临终时仍推参为相，称"死无恨矣！"参继相后全遵何制，史称"萧规曹随"。

【译文】

　　管仲辅佐齐桓公，称霸诸侯，排斥夷狄，直到他死，齐国都很强盛，诸侯不敢背叛。管仲一死，竖刁、易牙、开方受到重用，结果致使齐桓公于动乱中死去，五位王子争着继承王位，这个祸乱不断蔓延，直到简公即位，齐国没有安宁过一年。

　　功业的成就，并不是在成功的那一天就完成了，一定是有它的起因；祸乱的发生，不是在发生的那天才发生的，也一定有它的迹象。因此，齐国的强盛安定，我认为不是管仲的功劳，而是鲍叔的功劳。齐国的祸乱，我认为不是竖刁、易牙、开方的罪过，而是管仲的罪过。为什么呢？竖刁、易牙、开方三个人，他们固然是搅乱国家的人，但任用他们的却是齐桓公。有了舜帝然后才知道流放四个坏人，有了仲尼然后才知道杀掉少正卯。那齐桓公是什么人呢？但是使桓公能够任用这三个人的却是管仲啊。管仲病危的时候，齐桓公问他宰相的人选。在这个时候，我以为管仲会以推举天下的贤明之士来回答，而他的话却不过说"竖刁、易牙、开方三个人，不近人情，不可信用"罢了。

管　仲

唉！管仲以为桓公真的能不重用那三个人吗？管仲与桓公相处多少年了，也该了解桓公的为人了吧？桓公是个音乐在耳畔不能停止，女色在眼前不能断绝的人，如果没有这三个人，便没有办法满足他的欲望。桓公最初不重用他们的原因，只是因为有管仲罢了。一旦没有了管仲，那三个人便可以弹去帽子上的灰尘相互庆贺将受重用了。管仲认为临终前的遗言就能够缚住桓公的手脚吗？齐国不怕有这三个人，只怕没有管仲。如果管仲在的话，那么这三个人，不过是三个平常人罢了。否则，天下难道还缺少像这三个人一样的人吗？即使桓公有幸听从管仲的话，杀掉这三个人，但对其余的这种人，管仲能够把他们全都除掉吗？唉！管仲可以说是个不懂得治本的人啊。假如趁桓公询问之际，推举天下的贤人来接替自己，那么，管仲虽则死了，而齐国却不能说没有了管仲那样的人啊。哪会怕这三个人呢？不提他们也行啊。

五霸之中，没有比齐桓公、晋文公更强盛的了。晋文公的才能，超不过齐桓公，他的臣下又都不及管仲；晋灵公是个暴君，不如齐孝公宽容仁厚。晋文公死后，诸侯各国不敢背叛晋国，晋国凭借文公留下的威力，还能够做各国的盟主一百多年。为什么呢？因为晋国的国君虽然无能，但还有一些老成持重的臣下在呢。桓公死后，齐国却一败涂地，没有什么好疑惑的，因为他仅仅只靠一个管仲，而管仲却已经死了。

天下从不曾没有贤能的人，恐怕只有有贤臣而没有英明的君主的情况。桓公在世的时候，却说天下不再有管仲那样的人，我是不会相信的。管仲的书中有记载他快去世时，评论鲍叔、宾胥无的为人，并分别指明了他们的短处。这是他自己心里认为这几个人都不足以托付治理国家的重任，并且又预料到自己将要死亡，可见这本书荒诞无稽，不值得相信。我看史鰌，因为生前未能劝卫灵公进用蘧伯玉而退斥弥子瑕，所以有死后的尸谏。萧何将死，推举曹参来接替自己。大臣的用心，本来应该这样啊。国家因为一个人而兴盛，又因为一个人而灭亡。贤能的人不担心自己的死亡，而担忧他的国家衰弱，所以一定要再推举出贤明的人来接替自己，然后才能够放心死去。对那个管仲来说，怎能那样就死去呢？

辨 奸 论

【题解】

　　"见微知著"，从某些自然现象、社会现象来说，的确有一定道理。但本文从一个人的衣着、生活习惯的"不近人情"，就断定将来必为大奸，则是牵强附会，毫无道理了。本篇据前人考证，是南宋初年道学家为攻击王安石而假托苏洵之名写作的。

【原文】

　　事有必至，理有固然。惟天下之静者，乃能见微而知著。月晕而风，础润而雨，人人知之。人事之推移，理势之相因，其疏阔而难知，变化而不可测者，孰与天地阴阳之事，而贤者有不知[1]。其故何也？好恶乱其中，而利害夺其外也！

　　昔者，山巨源见王衍，曰："误天下苍生者，必此人也[2]！"郭汾阳见卢杞，曰："此人得志，吾子孙无遗类矣[3]！"自今而言之，其理固有可见者。以吾观之，王衍之为人，容貌言语，固有以欺世而盗名者。然不忮，不求，与物浮沉。使晋无惠帝，仅得中主，虽衍百千，何从而乱天下乎？卢杞之奸，固足以败国。然而不学无文，容貌不足以动人，言语不足以眩世，非德宗之鄙暗，亦何从而用之？由是言之，二公之料二子，亦容有未必然也！

　　今有人[4]，口诵孔、老之言[5]，身履夷、齐之行[6]，收召好名之士、不得志之人，相与造作言语，私立名字，以为颜渊、孟轲复出[7]，而阴贼险狠，与人异趣。是王衍、卢杞合而为一人也，其祸岂可胜言哉？夫面垢不忘洗，衣垢不忘浣，此人之至情也。今也不然，衣臣虏之衣，食犬彘之食，囚首丧面，而谈诗书，此岂其情也哉？凡事之不近人情者，鲜不为大奸慝，竖刁、易牙、开方是也〔8〕。以盖世之名，而济其未形之患。虽有愿治之主，好贤之相，犹将举而用之。则其为天下患，必然而无疑者，非特二子之比也。

孙子曰："善用兵者，无赫赫之功〔9〕。"使斯人而不用也，则吾言为过，而斯人有不遇之叹，孰知祸之至于此哉？不然，天下将被其祸，而吾获知言之名，悲夫！

【注释】

〔1〕贤者：有人认为是指欧阳修和文彦博。据说欧阳修见到王安石的文章后，曾"为之延誉，擢进士上第。"文彦博为相，曾"荐安石恬退，乞不次进用。"

〔2〕山巨源：名涛，晋初人，曾任吏部尚书，当时选用官员，他都亲作评论。对王衍评价不高。晋惠帝时，王衍任宰相，终日清谈，不理国家大事。

〔3〕郭汾阳：郭子仪，中唐时屡官太尉、中书令，封汾阳王。卢杞：唐德宗时任宰相，陷害忠良，大肆搜乱，后被贬职。

〔4〕今有人：暗指王安石。

〔5〕孔：孔子，名丘，字仲尼。老：老子，姓李，名耳，字聃。皆春秋时著名思想家。

〔6〕夷、齐：伯夷和叔齐，为孤竹国君二子，互相让国，不肯继位，逃往周地，周武王伐纣，二人叩马而谏，不听，隐居首阳山，商亡，耻食周粟，上山采薇，有人指出薇生周地，遂不食而死。

〔7〕颜渊：名回，孔子得意门生，列德行科，不迁怒，不二过，后世称为复圣。孟轲：战国时儒家代表，光大孔子学说，后世尊为亚圣。

〔8〕不近人情：春秋时齐桓公宠臣竖刁自阉，易牙烹子，开方弃亲，皆不近人情。

〔9〕孙子：名武，春秋时齐人，以兵法求见吴王，受命为将，破楚。著有《孙子兵法》十三篇，其《形篇》曰："善战者之胜也，无智名，无勇功。"曹操注："敌兵形未成，胜之，无赫赫之功也。"

【译文】

事物有它必然发展到的程度，道理有它本来就有的规律。只有天下那些冷静睿智的人，才能看到一点苗头就知道事物发展的趋势与结果。月亮周围出现光圈就要刮风，柱石的基础回潮湿润就会下雨，这

伯夷

是人人都懂得的道理。至于人事的变化，情理形势的相互影响，其中的曲折复杂而难以了解，千变万化而无法预料，怎能与天地阴阳的变化相比呢？可是贤能的人居然也有不明白的，这是什么缘故呢？因为爱憎扰乱了他的主见，而利害得失又左右着他的行动啊。

从前，山涛看到王衍曾说："将来贻误天下百姓的，一定是这个人。"郭汾阳（郭子仪因功封汾阳郡王）见到卢杞，说："这个人一旦得志，我的子孙就一个也留不下了。"从今天来说，其中的道理固然是可以预见一些。在我看来，王衍的为人，容貌清秀，言谈机敏，固然是可以用来欺世盗名的，然而他不嫉妒，不贪婪，只是随波逐流罢了。假如晋朝没有惠帝，只要有一个中等才能的君主，即使有成百上千个王衍，又从哪里来扰乱天下呢？卢杞的奸险，固然足以败坏国家，然而他不学无术，容貌不能够使人动心，言谈也不能够迷惑世人，如果不是唐德宗昏庸鄙陋的话，又怎能受到重用呢？从这个角度来说，山涛，郭汾阳对这两个人的预言，也或许是不完全正确的。

现在有的人，口里念着孔子和老子的语录，亲自实践伯夷、叔齐的行为，罗致一批追求虚名的读书人和不得志的人，相互勾结制造舆论，私下互相吹捧，企图树立名望，自以为是颜渊、孟轲再世，而实际上阴险狠毒，与一般人的志趣不同。这是集王衍、卢杞的伎俩于一身的人啊，他造成的灾祸难道是能够说完的吗？面孔脏了不忘洗脸，衣服脏了不忘洗涤，这是人之常情。如今有人却不是这样，他穿着囚犯般的脏破衣服，吃着猪狗般的粗糙饭食，蓬头垢面，哭丧着脸，却大谈《诗》、《书》，这样做难道是他的真实性情吗？大凡为人处世不近人情的，很少有不是大奸大恶的，竖刁、易牙、开方就是这样的人。凭着誉满天下的好名声，来实现他尚未暴露的野心，虽然有希望治理好国家的君主，爱才举贤的宰相，还是会推举、任用他的。那么这个人成为国家的祸患，一定是毫无疑问的，决不是王衍、卢杞这二人所能比拟的。

孙子说："善于用兵的人，没有显赫的功勋。"倘若这个人不被重用，那么我的话算说错了，而这个人会有怀才不遇的慨叹，谁又能知道他造成的灾祸会达到这种地步呢？否则，国家将会蒙受他的祸害，我却得到有远见的名声，那就太可悲了！

张益州画像记

【题解】

张益州即张方平（1006—1091），字道安，北宋南京（今河南商丘）人。曾在宋仁宗至和元年（1054）成功地处置了益州的混乱局面，得到当地人民的爱戴，为他建立了殿堂画像。

本文追述了张方平安抚蜀地军民的功绩，极力赞扬张方平处变不惊，以仁爱待人，恰当地平息了一次可能发生的动乱。全文分四段，第四段以拟古四言诗概括与歌颂张方平的政绩。

【原文】

至和元年秋，蜀人传言，有寇至边[1]。边军夜呼，野无居人。妖言流闻，京师震惊。方命择帅，天子曰："毋养乱，毋助变。众言朋兴，朕志自定。外乱不足，变且中起。既不可以文令，又不可以武竞，惟朕一二大吏，孰为能处兹文武之间，其命往抚朕师？"乃推曰："张公方平其人。"天子曰："然。"公以亲辞，不可，遂行。冬十一月，至蜀。至之日，归屯军，撤守备。使谓郡县："寇来在吾，无尔劳苦。"明年正月朔旦，蜀人相庆如他日，遂以无事。又明年正月，相告留公像于净众寺[2]，公不能禁。

眉阳苏洵言于众曰[3]："未乱易治也，既乱易治也。有乱之萌，无乱之形，是谓将乱。将乱难治，不可以有乱急，亦不可以无乱弛。惟是元年之秋，如器之敧，未坠于地。惟尔张公，安坐于其旁，颜色不变，徐起而正之。既正，油然而退，无矜容。为天子牧小民不倦，惟尔张公。尔繄以生，惟尔父母。且公尝为我言：'民无常性，惟上所待。人皆曰，蜀人多变，于是待之以待盗贼之意，而绳之以绳盗贼之法。重足屏息之民，而以砧斧令，于是民始忍以其父母妻子之所仰赖之身，而弃之于盗贼，故每每大乱。夫约之以礼，驱之以法，惟蜀人为易。至于急之而生变，虽齐鲁亦然[4]。吾以齐鲁待蜀人，而蜀人亦自以齐鲁之人待其身。若夫肆意于法律之外，以威劫齐民，吾不忍为也。'呜呼！爱蜀人之深，待蜀人之厚，自公而前，吾未始见也。"皆再拜稽首曰："然。"

苏洵又曰："公之恩在尔心；尔死，在尔子孙。其功业在史官，无以像为也。且公意不欲，如何？"皆曰："公则何事于斯？虽然，于我心有不释焉。今夫平居闻一善，必问其人之姓名，与其邻里之所在，以至于其长短小大美恶之状，甚者，或诘其平生所嗜好，以想见其为人。而史官亦书之于其传。意使天下之人，思之于心，则存之于目。存之于目，故其思之于心也固。由此观之，像亦不为无助！"苏洵无以诘，遂为之记。

公南京人，为人慷慨有大节，以度量雄天下。天下有大事，公可属。系之以诗曰：天子在祚，岁在甲午[5]。西人传言，有寇在垣。庭有武臣，谋夫如云。天子曰嘻，命我张公。公来自东，旗纛舒舒。西人聚观，于巷于涂。谓公暨暨，公来于于。公谓西人："安尔室家，无敢或讹。讹言不祥，往即尔常。春尔条桑，秋尔涤场。"西人稽首，公我父兄。公在西圃，草木骈骈。公宴其僚，伐鼓渊渊。西人来观，祝公万年。有女娟娟，闺闼闲闲。有童哇哇，亦既能言。昔公未来，期汝弃捐。禾麻芃芃，仓庾崇崇。嗟我妇子，乐此岁丰。公在朝廷，天子股肱。天子曰归，公敢不承？作堂严严，有庑有庭。公像在中，朝服冠缨。西人相告，无敢逸荒。公归京师，公像在堂。

【注释】

〔1〕蜀人传言：据《宋史·张方平传》：当时蜀人传言，广源（广西邕州）蛮

首领侬智高即将进犯，地方官员急忙调兵筑城，日夜不息，民大惊扰。张方平认为必皆妄言，遣归戍卒，尽罢诸役，时逢元宵佳节，令张灯结彩，城门三夜不闭，捕获造谣奸人，枭首示众，蜀人遂安。

〔2〕净众寺：又名万福寺，在成都西北。

〔3〕眉阳：即眉州。苏洵是眉州眉山（今属四川）人。该地西汉时曾置武阳县。

〔4〕齐鲁：古代的齐国和鲁国。齐为姜尚所封，鲁为周公旦之子伯禽所封，最受周礼影响。鲁后来又出生孔子，故齐鲁被称为礼义之邦。

〔5〕甲午：古代以干支纪年。宋仁宗时的甲午年，即至和元年，也就是公元1054年。

【译文】

至和元年的秋天，蜀地一带人传说敌寇已侵犯到了边境上。守卫边疆的驻军夜里惊呼起来，附近四周的百姓都逃光了。谣言到处流传，京城大为震惊。朝廷正在物色、选派将帅，皇帝说："不要酿成动乱，不要助成叛乱。各种谣言纷纷兴起，但我自有主意。外患倒不足为虑，就怕叛乱从内地发生。这事既不能用发布文告的形式来劝止，又不能用武力来解决，只能由我手下的几个大臣来解决。谁能够处理好这件需要文治武功的事情，我就派他去安抚我的军队。"众人一致推荐说："张方平先生就是这样的人。"皇帝说："对。"张先生以父母年事已高为由来辞让，未被准许，于是出发。这年冬天的十一月，抵达蜀地。上任当天，便命令驻军撤回原来的驻地，撤除防御设施。派人告诉地方长官："敌寇来了由我对付，不劳你们辛苦。"第二年正月初一早上，蜀地百姓像往年一样欢度春节，于是得以安定无事。第三年的正月，百姓相互商量要在净众寺里留下张先生的画像。张先生阻挡不住。

眉阳人苏洵对众人说："祸乱尚未发生时是容易治理的，已经发生了也是容易治理的。有祸乱的苗头而没有祸乱的表现，这叫做将乱。将乱未乱最难治理。既不能因为有祸乱的苗头而急躁，也不能因为没有祸乱发生就放松警惕。至和元年这年秋季的局势，蜀地就好像一件器具已经倾斜，但还尚未掉到地上。只有你们的张先生，镇定自若地坐在旁边，处变不惊，不紧不慢地站起来扶正它。扶正之后，又若无其事地退回去，没有一点自命不凡的得意神色。替皇帝管理平民百姓而不知疲倦的，只有你们的张先生啊。你们是因为他才得以保全性命的，他就是你们的再生父母。况且张先生曾经对我说过：'老百姓是没有固定的脾气的，只看官吏如何对待他们。人们都说四川人性格多变，于是有的官吏就用对付盗贼的态度来对待他们，用惩罚盗贼的办法来整治他们。对胆小怕事、连大气也不敢出

的老百姓们，却用残酷的刑罚来整治，这样老百姓才狠心把父母妻子所依赖的身体，豁出去加入盗贼的行列，所以常常发生祸乱。

其实只要用礼仪来约束他们，用法律来管理他们，那么蜀地的百姓是最容易管理的了。至于逼得他们走投无路而导致发生祸乱，那么即使在齐、鲁那种地方也会同样如此。我用对待齐鲁百姓的方法对待蜀地百姓，蜀地百姓也自觉以齐鲁人为榜样来要求自己。像那种为所欲为不按法律办事、用残酷手段威胁百姓的做法，我是不忍心去做的。'啊！怜爱蜀地百姓这样深切，对待蜀地百姓如此厚道，在张先生之前，我还从来不曾看见过呀。"众人听了，都恭恭敬敬地跪拜行礼说："是啊。"

苏洵接着说："先生的恩情铭刻在你们心中，你们死后，你们的子孙后代也会永远牢记。他的功绩自会由史官载入史册，不画像也无所谓啊。况且张先生也不同意，怎么办呢？"众人都说："张先生怎会赞成这事？即使如此，我们心里实在过意不去啊。平日生活中我们如果听说有人做了一件好事，一定要打听这人的姓名与住址以及他的高低、年龄、相貌，甚至有人还会打听他平生有什么嗜好，以便想象推测他的为人。而且史官也会把这写到他的传记里，目的是让天下人永远在心里思念他，并使他的形象跃然在眼前，事迹历历如在眼前，那么对他的思念就会越来越深。从这个角度来看，画像也不是没有益处的。"苏洵无法反驳，于是替他们把这件事记载下来。

先生是南京人，为人慷慨，品德高尚，以宽宏大量称誉天下。国家一旦遇到重大事件，先生肯定是众望所归的能够信赖的。用诗文来表达是：

天子在朝，太岁在甲午的这一年，四川有谣言传来，说有敌寇要来侵犯边境。朝中多有武将，谋士如云，而天子却说："嘻，派张公去！"张公从东而来，大旗飘扬，四川百姓前来观看的人，堵满了街巷和道路，都说："以为张公是个威严果敢的人，看起来却从容自得、温良爱人。"张公对四川百姓说："你们安稳地住在家里吧，不要听信谣言。听信谣言对你们没有好处。还是回去做你们该做的事情吧——春天修剪桑枝，秋天打扫场院。"四川百姓叩头称谢说："张公真是我们的父兄！"张公住在西园，那里的草木十分茂盛。张公宴请众官，击鼓的声音很美好。四川的百姓都来观看，祝愿张公长寿："娇美的姑娘们，悠闲地住在闺房；当年儿童哇哇地哭叫，现在已会说话。张公还没来的时候，差一点把你们扔掉去躲祸。如今庄稼长得茂盛，粮食堆满了仓库。啊！我们的妻子儿女，都在为这样的丰年而高兴！"张公在朝中的时候，是天子的得力大臣；天子要召张公回朝，他哪里敢不答应呢？而四川百姓为感念张公，便建造了一座宏伟的庙堂，有廊屋，有厅堂。张公的画像挂在当中，穿着朝服，系着冠带。四川的百姓相互告诫说："不敢贪图安逸，荒废事业。"张公回到了京城，他的画像留在了厅堂。

六 国 论

【题解】

本篇选自苏洵《嘉祐集·权书》。这是其中的第八篇，历史上论述六国破灭的文章很多，本文是比较著名的一篇。作者抓住"六国破灭，弊在赂秦"这一个侧面，进行了十分严密的论述，借古讽今，提醒北宋统治者应接受历史的教训，不要重蹈六国灭亡的复辙。本文立论缜密，结构严谨，论理透彻，全文一气贯通，紧凑严密，具有不可辩驳的说服力。另外，文章叙议相间，笔法多变，叙述则生动形象，议论则雄辩滔滔。其中"六国破灭，非兵不利，战不善，弊在赂秦。"更是名句典范，因此，多少年来一直被人们当作范文，广为传诵。

【原文】

六国破灭[1]，非兵不利、战不善，弊在赂秦。赂秦而力亏，破灭之道也。或曰："六国互丧，率[2]赂秦耶？"曰："不赂者以赂者丧，盖失强援不能独完，故曰'弊在赂秦'也。"

秦以攻取之外，小则获邑，大则得城。较秦之所得与战胜而得者，其实百倍。诸侯之所亡与战败而亡者，其实亦百倍；则秦之所大欲，诸侯之所大患，固不在战矣。思厥[3]先祖父，暴霜露，斩荆棘，以有尺寸之地。子孙视之不甚惜，举以予人，如弃草芥[4]。今日割五城，明日割十城，然后得一夕安寝。起视四境，而秦兵又至矣。然则诸侯之地有限，暴秦之欲无厌，奉之弥繁，侵之愈急[5]，故不战而强弱胜负已判矣。至于颠复，理固宜然。古人云："以地事秦，犹抱薪救火，薪不尽，火不灭。"此言得之。

齐人未尝赂秦，终继五国迁灭，何哉？与嬴而不助五国也；五国既丧，齐亦不免矣。燕赵之君，始有远略，能守其土，义不赂秦，是故燕虽小国而后亡，斯用兵之效也。至丹，以荆卿为计，始速祸焉。赵尝五战于秦，二败而三胜。后秦击赵者再，李牧连却之。洎[6]牧以谗诛，邯郸为郡，惜其用武而不终也。且燕、赵处秦革灭殆尽之际，可谓智力孤危，战败而亡，诚不得已；向使三国各爱其地，齐人勿附于秦，刺客不行，良将犹在，则胜负之数[7]、存亡之理，当与秦相较，或未易量。

呜呼！以赂秦之地，封天下之谋臣，以事秦之心，礼天下之奇才，并力西向，则吾恐秦人食之不得下咽也。悲夫！有如此之势而为秦人积威之所劫，日削月割，以趋于亡。为国者勿使为积威所劫哉！

夫六国与秦皆诸侯，其势弱于秦，而犹有可以不赂而胜之之势；苟以天下之大，而从六国破亡之故事[8]，则又在六国下矣。

【注释】

〔1〕六国：指韩、赵、魏、齐、楚、燕。破灭：灭亡。
〔2〕率：大抵、大概。
〔3〕厥（jué）：其；他的。
〔4〕草芥（jiè）：小草。言其轻微。
〔5〕奉之弥繁，侵之愈急：第一个之代秦国，第二个之代六国。
〔6〕洎（jì）：等到；及至。
〔7〕数：命运。
〔8〕故事：旧例。

【译文】

六国灭亡，不是兵器不锋利，仗打得不好，弊病在于拿着土地贿赂秦国。贿赂秦国而国力亏损，这是灭亡的原因。有人说："六国相继灭亡，全都是因为割地贿赂秦国吗？"回答是："不贿赂秦国的国家，由于贿赂秦国的国家而灭亡。是因为失去了强有力的援助，不能单独保全。所以说：'弊病在于贿赂秦国'啊。"

　　秦国除了用战争取得的土地之外，小的得到邑镇，大的得到城池。比较一下秦国由于六国行贿而得到的土地，与战争取胜而得到的土地，它的实际数目要多百倍，六国由于贿赂秦国而失去的土地，比他们由于战败而失去的土地，它的实际数目也要多百倍。那么秦国的最大欲望，诸侯国的最大祸患，本来就不在于战争了。想想他们的祖辈父辈，冒着霜露，披荆斩棘，才得到这么一点点土地。子孙却不爱惜，拿来送给人，如同抛弃小草一般。今天割让五城，明天割让十城，然后换取一夜的安稳觉。（第二天），起来一看四周的边境，秦兵又到了。既然如此，那么诸侯的土地是有限的，暴虐的秦国的欲望是没有满足的。奉送给他越多，侵犯各国也就越急。所以，不用作战，谁强谁弱，谁胜谁负，就已经分明了。那么直到灭亡的结局，从道理上讲本来应该这样。古人说："用土地来侍奉秦国，如同抱着柴禾去救火，柴不烧尽，火就不灭。"这话是说得对的。

　　齐国人没有割地贿赂秦国，最后也跟着五国一起灭亡，为什么呢？这是他结交秦国而不帮助五国的缘故。五国已经灭亡，齐国也免不了。燕国和赵国的君主，开始还有远大的谋略，能够守住他们的国土，坚持正义而不贿赂秦国。所以燕国虽然是个小国而后灭亡，这是用兵作战的功效啊。等到燕太子丹以荆轲行刺秦王作为对付秦国的策略，才招致祸害。赵国曾经五次跟秦国作战，两次失败而三次胜利。后来，秦国两次攻打赵国，李牧连续击退秦军。等到李牧由于谗言而被杀，赵都邯郸成为秦国的一个郡，可惜赵国运用了武力而没有坚持到底。况且燕国赵国处在秦国将要把各国快要消灭完了的时候，可以说是智谋穷竭力量孤单，作战失败而灭亡，实在是不得已。假使当初三国能够各自爱惜他们的土地，齐国不亲附秦国，刺客不起身赴秦，赵国的良将仍然健在，那么胜败的命运，谁存谁亡的规律，应当能够与秦国相较量，结局或许还不容易料定呢。

　　唉！用贿赂秦国的土地，分封天下的谋臣，用侍奉秦国的心，来礼遇天下的奇才，合力向西对付秦国，那么我恐怕秦国人连饭也吃不下去了。可悲呀！有这样的形势，却被秦国积蓄的威力所挟制压迫，一天天一月月地削割下去，走向灭亡。治理国家的人不要使自己被积蓄的威势挟制啊！

　　六国和秦国都是诸侯，他们的各自是势力比秦国弱。但还有可以不贿赂秦国而胜过它的形势。如果以据有天下的大国，而追随六国灭亡的旧事，那就又在六国以下了。

曾　巩

曾巩（1019—1083），字子固，建昌南丰（今江西南丰县）人。故后人称之为南丰先生。他十二岁就能写文章，"始冠，游太学，欧阳公一见其文而奇之"（《墓志》）。宋仁宗嘉祐二年（1057）中进士，曾长期编校史馆书籍和担任知州。官至中书舍人。曾巩笃于友爱，其父亡后，他对四弟九妹的教养尽心尽力，在古代传为佳话。他在做地方官时能体恤民情，政绩卓然。

曾巩的文学主张和古文风格都和欧阳修相近。曾言"文章之得失，岂不系于治乱哉"（《王子直文集序》），又说"夫道之大归非他，欲其得诸心、充诸身，扩而被之国家天下而已，非汲汲乎辞也。其所以不已乎辞者，非得已也"（《答李沿书》）。这就是他的文道观。他的文章从容周密而有条理，很早就得到欧阳修的称赏。"唐宋八大家"之一，著有《元丰类稿》五十卷。

寄欧阳舍人书

【题解】

宋仁宗庆历六年，欧阳修为曾巩的祖父曾致尧写了一篇墓志铭。这是曾巩答谢的书信。欧阳修当时任中书舍人，故尊称为欧阳舍人。文章从铭体的价值说起，并批评了阿谀墓中人的不良习气，然后才向欧阳修表示感谢，在感谢中称颂了欧阳修的才德和影响，行文舒缓委曲而周密有致，体现了曾巩的写作风格。

【原文】

去秋人还，蒙赐书，及所撰先大父墓碑铭[1]，反覆观诵，感与惭并。

夫铭志之著于世，义近于史，而亦有与史异者。盖史之于善恶无所不书，而铭者，盖古之人有功德材行志义之美者，惧后世之不知，则必铭而见之。或纳于庙，或存于墓，一也。苟其人之恶，则于铭乎何有？此其所以与史异也。其辞之作，所以使死者无有所憾，生者得致其严。而善人喜于见传，则勇于自立；恶人无有所纪，则以愧而惧。至于通材达识，义烈节士，嘉言善状，皆见于篇，则足为后法。警劝之道，非近乎史，其将安近？

及世之衰，人之子孙者，一欲褒扬其亲，而不本乎理。故虽恶人，皆务勒铭以夸后世。立言者既莫之拒而不为，又以其子孙之请也，书其恶焉，则人情之所不得，于是乎铭始不实。后之作铭者，当观其人。苟托之非人，则书之非公与是，则不足以行世而传后。故千百年来，公卿大夫至于里巷之士，莫不有铭，而传者盖少。其故非他，托之非人，书之非公与是故也。

然则孰为其人，而能尽公与是欤？非畜道德而能文章者，无以为也。盖有道德者之于恶人，则不受而铭之，于众人，则能辨焉。而人之行，有情善而迹非，有意奸而外淑，有善恶相悬而不可以实指，有实大于名，有名侈于实。犹之用人，非畜道德者，恶能辨之不惑，议之不徇？不惑不徇，则公且是矣。而其辞之不工，则世犹不传，于是又在其文章兼胜焉。故曰，非畜道德而能文章者，无以为也，岂非然哉？

然畜道德而能文章者，虽或并世而有，亦或数十年、或一二百年而有之。其传之难如此，其遇之难又如此。若先生之道德文章，固所谓数百年而有者也。先祖之言行卓卓，幸遇而得铭，其公与是，其传世行后无疑也。而世之学者，每观传记所书古人之事，至于所可感，则往往盡然不知涕之流落也，况其子孙也哉？况巩也哉？其追晞祖德，而思所以传之之由，则知先生推一赐于巩，而及其三世。其感与报，宜若何而图之？抑又思若巩之浅薄滞拙，而先生进之，先祖之屯蹶否塞以死，而先生显之，则世之魁闳豪杰不世出之士，其谁不愿进于门？潜遁幽抑之士，其谁不有望于世？善谁不为，而恶谁不愧以惧？为人之父祖者，孰不欲教其子孙？为人之子孙者，孰不欲宠荣其父祖？此数美者，一归于先生。

既拜赐之辱，且敢进其所以然。所论世族之次，敢不承教而加详焉。愧甚，不宣。

【注释】

〔1〕先大父：即祖父。曾巩的祖父曾致尧，字正臣，太宗时中进士，官至吏部郎中，性格刚直，喜好言事，屡遭贬黜。欧阳修撰《曾公神道铭》载《欧阳文忠公集》卷二十一。又，王安石撰《曾公墓志铭》载《临川集》卷九十二。

【译文】

去年秋天我派去的人回来，带回了您赐给我的一封信和您所撰写的先祖父的墓碑铭文，我反复拜读后，既感激又惭愧。

铭志一类的文章在世上流传，它的意义与史书相近，但也有与史书不一样的。史书对于善恶之事全部写入没有遗漏，而碑铭之类的文章，则是对古代很有功业品德、才能行为、理想节义的人，恐怕后代的人不知道，就决定撰刻铭文而显示出来，或把它放置在祠堂中，或把它竖立在坟墓内，其意义都是一样的。如果是个坏人，那有什么可铭刻的呢？这就是碑铭与史书不同的地方。碑铭的写作，是使死去的人没有什么恨憾，使活在世上的人能表达他们的敬意。好人乐于被后世传颂，就会勇于发愤而有所建树；坏人没有值得彰扬的作为纪念，就会惭愧而恐惧。

至于那些才智渊博通达的有识之士、忠义节烈的人，他们的美好言行，都在铭文中显现出来，这就足以成为后世学习的准则。铭文这种警诫劝化的作用，不与史书相近，又会与什么相近呢？

等到世风衰微的时候，作为人的子孙的，却都一味地颂扬称赞自己死去的尊长而不顾实际情理，所以即使是坏人，也都一定要把铭文刻于碑石以向后世夸耀；那些写铭文的人，既没有拒绝去写，又因为其子孙的请求，如果直写死者的恶行，却在情面上过不去，因此铭文便开始不真实了。后代想为亲人写碑铭的人，应当首先看一下作者的为人。假若所托的人不合适,那写出来的东西就会失去公平和真实,那么铭文便不会在世上流传下去。所以千百年来,虽说从公卿大夫到乡里的人,死去后没有不写碑铭的,但流传下来的却很少,原因不是别的,正是所委托的人不合适,所写的铭文失去公平与真实的缘故啊。

既然如此,那么什么人为死者写碑铭能做到公正与真实呢?我认为不具备很高的道德修养并善于写文章的人是不能做到的。具有很高道德修养的人,不会接受给坏人写碑铭的差使,对于普通人也能分辨清楚。而人们的行为,有心底善良而事迹不见得好的,有内心奸诈而外表贤淑的,有善恶相差很大,不能具体指明的,有实绩高于名声的,有名声超过实绩的。就像使用人才那样,不具备很高的道德修养,又怎么能区分清楚而不被迷惑、评议公正而不徇私情呢?不被迷惑不徇私情,就会公正而且真实了。但是倘若文章写得不好,那么还是不能流传于世的,因此能流传下去的,又在于道德和文才都备于一身了。所以说不具备很高的道德修养并善于写文章的人,是不能写好铭文的。难道不是这样吗?

然而具备很高的道德修养并善于写文章的人,虽然可能同时代就有,也可能几十年或一二百年才有一位。铭文的流传如此之难,而遇到能很好地写铭文的人又更难了。像先生您的道德和文才,本来就是几百年才会出现的。先祖父的言语行为卓越明显,幸而遇到您才得以把他的公正与真实情况写成铭文。这篇铭文流传于后世是不会有什么疑问的了。世上的读书人,每看到传记文章记载的古人的事迹,到了感动人心的地方,就往往会伤痛怜爱得不知不觉间流下了眼泪,何况是他们的子孙呢?更何况是我曾巩呢?从我自己追念仰慕先祖的德行,到虑及铭文流传于世的根由,就知道先生您将碑铭赐给我,将会使我家祖孙三代蒙受恩惠。这种感激与报答之情,应该怎样来表达呢?转而又想到像我这样学识浅薄、呆滞笨拙的人,先生尚能提拔勉励,像先祖父这样命途多舛、穷困潦倒而死去的人,先生还写了碑铭来彰扬他,那么,世上的雄伟豪杰及经世没能显扬自己的读书人,哪个不愿投于先生的门下呢?那么避世隐居潜居山林的读书人,哪个不希望声名流传于世呢?有谁会不去做善事呢?而做恶事的人谁会不惭愧并且恐惧呢?作为父祖的,哪个不想教诲自己的儿孙呢?作为子孙的,哪个不想尊崇荣显自己的父祖呢?这几种善德的兴起,全都归功于先生。

既拜领了您的赐予,又冒昧向您陈述我所以感激不尽的原因。信中所论及的我的家族统系的次序,敢不尊照您的教诲而详细地增补呢?十分惭愧,我的心意难以全部表达出来。

赠黎安二生序

【题解】

　　本文针对黎生提出写古文遭到当时人嘲笑一事，提出作文要志于道，不取悦于世俗的主张，勉励黎安二生坚持学习古文，反对只迎合流俗的俗文。文章从"迂阔"二字生发出议论，结合自己的体会娓娓而谈，循循善诱。

【原文】

　　赵郡苏轼，予之同年友也[1]。自蜀以书至京师遗予，称蜀之士曰黎生、安生者。既而黎生携其文数十万言，安生携其文亦数千言，辱以顾予。读其文，诚闳壮俊伟，善反复驰骋，穷尽事理，而其材力之放纵，若不可极者也。二生固可谓魁奇特起之士，而苏君固可谓善知人者也。

　　顷之，黎生补江陵府司法参军[2]，将行，请予言以为赠。予曰："予之知生，既得之于心矣，乃将以言相求于外邪？"黎生曰："生与安生之学于斯文，里之人皆笑以为迂阔。今求子之言，盖将解惑于里人。"予闻之，自顾而笑。

　　夫世之迂阔，孰有甚于予乎？知信乎古，而不知合乎世；知志乎道，而不知同乎俗。此予所以困于今而不自知也。世之迂阔，孰有甚于予乎？今生之迂，特以文不近俗，迂之小者耳，患为笑于里之人。若予之迂大矣，使生持吾言而归，且重得罪，庸讵止于笑乎？然则若予之于生，将何言哉？谓予之迂为善，则其患若此；谓为不善，则有以合乎世，必违乎古，有以同乎俗，必离乎道矣。生其无急于解里人之惑，则于是焉，必能择而取之。遂书以赠二生，并示苏君以为何如也。

【注释】

〔1〕赵郡：后魏置，宋初称赵州，今属河北。唐朝武则天时担任宰相的苏味道，是赵郡人，贬为眉州（四川眉山）刺史，子孙世居眉州。苏轼就是他的后裔。曾巩本文称赵郡苏轼，是指他的祖籍。

〔2〕江陵府：治所在今湖北江陵县。司法参军：官名，州府官的属员。

【译文】

赵郡人苏轼是与我同榜考中进士的朋友。他从四川写信给我，称赞四川的两个年轻人黎生、安生。不久黎生带着自己几十万字的文章，安生也带着自己几千字的文章，来看望我。读他们的文章，确实气势宏壮意味深远，善于纵横反复，把事理说得很深透，他们的才华自由奔放，好像望不到它的尽头。两个年轻人可称得上是奇特杰出的人才，而苏君当然可以说是善于发现人才的了。

不久，黎生补授江陵府（治所在今湖北江陵县）司法参军，将要赴任的时候，请我赠给他几句话。我说："我对于你，可以说已经了解到内心深处了，还有必要在语言上表达出来吗？"黎生说："我和安生学习古文，乡里的人都讥笑我们，认为我们的做法不合时宜，现在求您写几句话，是想解除他们的迷惑啊。"我听了他的话，回头想了想自己，不自由主地笑了起来。

世上拘泥固执，不合时宜的，有谁会超过我呢？只知取信于古人，而不知迎合当世；只知有志于圣贤之道，而不知和世俗同流合污，这就是我现在困穷而且还不醒悟的原因。世上拘泥固执而不合时宜的，有超过我的吗？如今你们的不合时宜，只仅仅是文章不与世俗相近而已，这只是不合时宜里面的小问题，你却害怕被同乡的人讥笑，而我的不合时宜就更厉害了，倘若你拿了我写的文章回去的话，将会加重你的过错，哪里会只是讥笑呢？那么我对你会说什么呢？把我的不合时宜当作正确的，就会有如此之祸患；不当作正确的，就会与世俗同流，那么一定会违于古人；有和世俗同流的东西，就一定违离圣贤之道了。所以，我认为你们先不要急于去解除乡人的迷惑，这样你们就一定能够通过选择而获得正确的东西。于是我写下这段话送给两个年轻人，并且拿给苏君看，不知道他会认为怎么样。

战国策目录序 [1]

【题解】

在这篇序言中，作者极力维护儒家正统的政治思想原则，对战国游士的政治和军事策略思想不加具体的历史分析，一概斥之为迎合时主需要的异端邪说，亡国亡身的巨大祸根。这显然是一种思想偏见。但他认为作为治国之方的"法"可以因时而异，而作为基本原则的"道"绝对不能动摇。这种认识具有一定的思想价值。他还认为，对有影响的异端邪说，必须"明其说于天下"，使人人"皆知其说不可从"，而不能采取禁绝销毁的简单办法。这也是一种有效的政治思想斗争策略。文章的论点明晰，结构紧凑，语言简洁，对《战国策》篇目的考核也很精确。

【原文】

刘向所定《战国策》三十三篇，《崇文总目》称第十一篇者缺 [2]。臣访之士大夫家，始尽得其书，正其误谬，而疑其不可考者，然后《战国策》三十三篇复完。

叙曰：向叙此书，言周之先，明教化，修法度，所以大治，及其后，谋诈用，而仁义之路塞，所以大乱 [3]。其说既美矣，卒以谓此书，战国之谋士度时君之所能行，不得不然，则可谓惑于流俗而不笃于自信者也 [4]。

夫孔、孟之时，去周之初已数百岁，其旧法已亡、旧俗已熄久矣 [5]。二子乃独明先王之道，以谓不可改者，岂将强天下之主，以后世之所不可为哉？亦将因其所遇之时、所遭之变，而为当世之法，使不失乎先王之意而已。二帝三王之治，其变固殊，其法固异，而其为国家天下之意，本末先后，未尝不同也 [6]。二子之道，如是而已。盖法者，所以适变也，不必尽同；道者，所以立本也，不可不一，此理之不易者也，故二子者守此，岂好为异论哉？能勿苟而已矣。可谓不惑乎流俗而笃于自信者也。

战国之游士则不然，不知道之可信，而乐于说之易合，其设心注意，偷为一切之计而已[7]。故论诈之便而讳其败，言战之善而蔽其患[8]。其相率而为之者，莫不有利焉而不胜其害也；有得焉而不胜其失也。卒至苏秦、商鞅、孙膑、吴起、李斯之徒以亡其身，而诸侯及秦用之者，亦灭其国，其为世之大祸明矣，而俗犹莫之寤也[9]。惟先王之道，因时适变，为法不同而考之无疵、用之无弊，故古之圣贤，未有以此而易彼也。

或曰："邪说之害正也，宜放而绝之，则此书之不泯其可乎？"对曰："君子之禁邪说也，固将明其说于天下，使当世之人，皆知其说之不可从，然后以禁，则齐。使后世之人，皆知其说之不可为，然后以戒，则明。岂必灭其籍哉！放而绝之，莫善于是。是以孟子之书，有为神农之言者，有为墨子之言者，皆著而非之。至于此书之作，则上继《春秋》，下至楚、汉之起，二百四五十年之间，载其行事，固不可得而废也。"

此书有高诱注者二十一篇，或曰三十二篇，《崇文总目》存者八篇，今存者十篇。

【注释】

〔1〕战国策：书成于战国末年，刘向整理为三十三篇。该书主要记载战国时期各国游说之士的策谋、言论和活动，反映的是纵横家的思想。书按国别排列，依次为西周、东周、秦、齐、楚、赵、魏、韩、燕、宋、卫、中山。刘向《战国策书录》："臣向因国别者，略以时次之，分别不以序者以相补，除复重得三十三篇，本字多误脱为半字，以赵为肖，以齐为立，如此字者多，中书本号或曰国策，或曰国事，或曰短长，或曰事语，或曰长书，或曰修书。臣向以为战国时游士辅所用之国。为之策谋，宜为《战国策》。其事继《春秋》以后，讫楚、汉之起，二百四十五年间之事。"

〔2〕刘向（前77—前6）：本名更生，字子政，沛（今江苏省沛县）人。西汉经学家、目录学家、文学家。著有《说苑》、《新序》、《列女传》等书。崇文总目：宋代时国家的书目总集。由翰林学士王尧臣等人编撰而成。书目共分六十六卷，著录崇文院（皇家藏书院）所藏书三万六百六十九卷，按类排列。下附叙释。

〔3〕叙：同序。修：修治。法度：制度，规矩。

〔4〕笃：深厚坚定。

〔5〕孔、孟之时：孔、孟分别生活在公元前六世纪、四世纪，距西周初期为五百年到七百年左右。

〔6〕二帝：指唐尧、虞舜。三王：指夏禹、商汤、周文王、周武王。本末：本指树木的根本和树梢，引申为主次。

〔7〕游士：游说之士。设心注意：指用意企图。设，用筹划。注，集中。偷：苟且。一切之计：权宜之计。《汉书·平帝纪》："元始元年春正月，……赐天下民爵一级，吏在位二百石以上，一切满秩如真。"颜师古注："时诸官有试守者。物加非常之恩，令如真耳。……一切者，权时之事，非经常也。犹如以刀切物，苟取整齐，不顾长短纵横，故言一切。"

〔8〕便：便宜，指有好处。讳：忌讳隐讳。

〔9〕苏秦：字季子，东周洛阳人，战国时著名政治家，纵横家代表人物。他主张"合纵"共同对付秦国，后佩六国相印，为纵约长，后被齐人所杀。商鞅：战国时卫国人，姓公孙氏。他帮助秦孝公变法，使秦国得以富强，后被车裂。

【译文】

刘向所编定的《战国策》共三十三篇，《崇文总目》说缺少第十一篇，我访问了一些士大夫家，才得到了全书，校正了书中的谬误，对那些一时无法查考的问题存疑。这样一来，《战国策》三十三篇才又恢复完整。

序言说：刘向在这部书的评论中说："周朝开国之初，明确教化，制度完备，因此天下大治。到了后期，盛行阴谋欺骗，推行仁义的道路堵塞了，因此天下大乱。"这种说法已经很高明了。

刘 向

但最后却说："这本书是战国时期的谋臣策士揣摩当时的君主能够做得到的事情，才不得不这样说。"这种说法可以说是被流俗迷惑，而缺少坚定的自信了。

孔孟的时代，距离周朝初年已有几百年了，旧的法令制度早已不存在，旧的风俗也已绝灭。他们二位却独独宣扬先王的政治，认为是不可改变的，难道他们是要强迫天下的君主去做后世做不成的事情吗？也只是要根据他所生活的历史时代，所遭的变化去制订当时的法令制度，使它不失去先王的治国原则罢了。二帝三王治理天下的时候，他们的变化固然不同，他们的法制固然相异，但是他们治理国家天下的基本原则，什么是本，什么是末，什么先做，什么后做，都是一样的。孔、孟二位的主张，

只是这样而已。"法"是用来适应变化的，不
必完全相同。"道"是用来作根本的、不能
不一样。这道理是不可以变更的。所以他
们二位恪守这个主张，哪里是喜欢标新
立异、与众不同呢？只是因为他们能不
随波逐流、随声附和罢了。他们确实可
以称得上是不被世俗迷惑而坚于自信的
人啊！

　　战国时期的游说之士却不是这
样，不知道"道"的不容置疑，只是为他们
的说法容易迎合国君的心意而喜欢，他们的居心用意，只不过是侥幸谋划
权宜之计罢了。所以他们高谈阔论诡谋欺诈的便利，而隐讳失败的可能；
大肆宣扬战争的好处，而竭力掩盖它的祸患。那些一个一个这样做的，都
有一点小利而有不能承受的大害；个个有所得，却抵不上它的损失。最
后，苏秦、商鞅、孙膑、吴起、李斯这些人因此而丧身，而任用他们的诸
侯和秦朝也都灭亡了。这些人是世上的大祸害，很清楚了。可是世俗之人
却仍然执迷不悟。只有先王之道，随着时世适应变化，制订不同的法制，
考察它没有缺点，实施它没有弊病，所以古代的圣贤，从来没有人拿先王
之道来换取游士的权宜之计的。

　　有人说："邪说会妨害正道，应当完全抛弃它、彻底禁绝它。那
么，这部书不加销毁行吗？"回答说："君子禁绝邪说，一定要揭露它的
谬误，使它大白于天下，使得当世的人都知道这种邪说为什么是不可听
信跟从的，然后再加以禁止，这样使大家的认识就统一了。使得后世的
人都知道这种邪说是不能推行的，然后作为警戒，这样就使大家有明确
的看法。哪里一定要销毁那些书籍呢？摒弃而杜绝邪说，没有比这办法
更高明的了。所以，孟子的书中，有研究神农学说的，有研究墨子学说
的，都记载下来而加以批驳。至于说到这本书的述作，上和《春秋》相
接，下到楚汉之争的开始，记载了二百四十五年间各国纵横家的事迹，
确实是不该废弃的。"

　　这本书有高诱作注的二十一篇，也有的说是三十二篇，《崇文总目》
记载的只存有八篇，现在保存了十篇。

王安石

王安石（1021—1086），字介甫，号半山，抚州临川（今江西临川县）人。北宋杰出的政治家、思想家和文学家。二十二岁中进士，仁宗嘉祐三年（1058）曾上万言书，主张改革政治。神宗熙宁二年（1069），任参知政事，次年任同中书门下平章事（宰相），积极推行青苗、均输、市易、免役、农田、水利等新法，改革学校科举制度，以期富国强兵，缓和阶级矛盾。这些改革在客观上是有利于社会发展的，但由于触犯了大官僚地主和豪商的特权，遭到了保守派的激烈反对，于熙宁九年（1076）罢相，变法失败。晚年谪居金陵（今江苏南京市），不问政事。后被封为舒国公，后又改封为荆国公，所以人们也称他"王荆公"。王安石在我国文学史上也有很重要的地位，他是古文"唐宋八大家"之一，诗词也有独特风格。著有《王临川集》。

读孟尝君传

【题解】

这篇短文是王安石读《史记·孟尝君列传》后写的随笔，也是一篇短小精悍的读后感。孟尝君向以广纳人才，手下人才济济为人称道，王安石则一反世俗之见，指出鸡鸣狗盗之徒并不能作为国家栋梁之"士"，提出延揽人才应从政治大局着眼的主张。全文仅八十八个字，却抑扬吞吐、字字警策。

【原文】

世皆称孟尝君能得士，士以故归之，而卒赖其力，以脱于虎豹之秦。

嗟乎！孟尝君特鸡鸣狗盗之雄耳，岂足以言得士？不然，擅齐之强，得一士焉，宜可以南面而制秦，尚何取鸡鸣狗盗之力哉？夫鸡鸣狗盗之出其门，此士之所以不至也。

【译文】

世人都称孟尝君善于罗致有才能的人，有才能的人因此都去投奔他，而他终于依靠那些人的帮助，从如虎豹一样的秦国逃了出来。

　　唉！孟尝君仅仅是那些鸡鸣狗盗之徒的头目罢了，哪里能够称得上善于罗致有才能的人呢？如果不是这样，那么他凭借齐国的强大，得到一个具有真才实学的人，应该能够南面称王而制服秦国，哪里还用得上那些鸡鸣狗盗之徒的帮助呢？鸡鸣狗盗之徒于他的门下，这就是真正的人才不到他那里去的原因啊！

游褒禅山记

【题解】

　　本篇是游记形式的说理文，作者通过记游褒禅山说明治学的道理：一是反对浅尝辄止，提倡深入探索，并精辟地分析了"志"、"力"、"物"三个条件及其相互关系；二是反对道听途说，以讹传讹，主张探本索源，深思慎取。这两点虽只讲治学，但不乏普遍的思想意义，在今天仍有启发意义。本文以具体形象的记游来论证抽象的道理，叙事议论互相呼应，紧密结合，在写作上也是别具一格的。

【原文】

　　褒禅山，亦谓之华山。唐浮图慧褒始舍于其址，而卒葬之，以故其后名之曰褒禅[1]。今所谓慧空禅院者，褒之庐冢也。距其院东五里，所谓华山洞者，以其乃华山之阳名之也[2]。距洞百余步，有碑仆道，其文漫灭，独其为文犹可识，曰"花山"。今言"华"如"华实"之"华者"，盖音谬也。

　　其下平旷，有泉侧出，而记游者甚众，所谓"前洞"也。由山以上五六里，有穴窈然，入之甚寒，问其深，则其好游者不能穷也，谓之"后洞"。余与四人拥火以入，入之愈深，其进愈难，而其见愈奇。有怠而欲出者，曰："不出，火且尽。"遂与之俱出。盖予所至，比好游者尚不能十一，然视其左右，来而记之者已少。盖其又深，则其至又加少矣。方是时，予之力尚足以入，火尚足以明也。既其出，则或咎其欲出者，而予亦悔其随之，而不得极乎游之乐也。

于是予有叹焉。古人之观于天地、山川、草木、虫鱼、鸟兽，往往有得，以其求思之深而无不在也。夫夷以近，则游者众；险以远，则至者少。而世之奇伟瑰怪非常之观，常在于险远，而人之所罕至焉，故非有志者，不能至也。有志矣，不随以止也，然力不足者，亦不能至也。有志与力，而又不随以怠，至于幽暗昏惑，而无物以相之，亦不能至也。然力足以至焉，于人为可讥，而在己为有悔；尽吾志也，而不能至者，可以无悔矣，其孰能讥之乎？此予之所得也。

余于仆碑，又有悲夫古书之不存，后世之谬其传而莫能名者，何可胜道也哉！此所以学者不可以不深思而慎取之也。

四人者：庐陵萧君圭君玉〔3〕，长乐王回深父〔4〕，余弟安国平父〔5〕、安上纯父〔6〕。

【注释】

〔1〕慧褒：唐太宗时的高僧，喜欢含山县北山麓的胜景，于是在那儿结庐而居。寒暑不出，当时的人不能测其踪迹。圆寂后，葬于此山。

〔2〕华山洞：一本作华阳洞，于义为胜。据《读史方舆纪要》、康熙《含山县志》诸书，城北十五里有华山，又东五里有华阳山，亦名兰陵山，山有华阳洞。明人戴重有《褒禅寺记》、《华阳洞记》，较详。王安石游褒禅山在仁宗至和元年（1054）七月。

〔3〕萧君圭：字君玉，北宋庐陵（江西吉安）人，生平事迹不详。

〔4〕王回（1023—1065）：字深父，长乐（福建福州）人，敦行孝友，质直平恕，不求名誉，曾中进士，称病免官。

〔5〕安国（1028—1074）：字平父，王安石的四弟。熙宁初，以才行召试及第，历任西京国子教授、崇文院校书、祕阁校理。

〔6〕安上：字纯父，王安石的七弟。

【译文】

褒禅山也称作华山，唐代的和尚慧褒起初在这个地方建造了房舍，死后又埋藏在这里，因此后人就把这座山叫做褒禅山。今天所说的慧空禅院，就是慧褒的房舍和坟墓的所在地。距慧空禅院东边五里，有个叫华山洞的地方。之所以叫"华山洞"，是因为它在华山南面的缘故。离洞一百余步，有块碑石倒在路上，上边的文字漫漶，已经看不清楚了，只从残存的文字中还可以辨出"花山"二字。而今天将"华"读作"华实"的"华"，大概是读音错了。

洞的下边平坦而开阔，有一股泉水从洞旁涌出，在这里游览和留字纪念的人很多，这就是称作"前洞"的地方。由此向山上约五六里，有个洞穴很幽深，进入里边很是寒冷，问它的深度，就是那些喜好游览的人也没有走到过它的尽头。人们称它作"后洞"。我与其他四人拿着火把进去，进入越深，就越难行走，而所看到的景色就更加奇异。有个人懈怠而想出去，就对大家说："再不出去，火把就要熄灭了。"于是大家就和他一起出来了。大概我们所到的地方，还不到那些喜好游览的人的十分之一，然而看左右的墙壁，来题字留念的人已经很少了。恐怕进入再深一点，到的人就更加少了。当时，我的力气还可以再深入一些，火还足够照明。已经出来后，就有人责备那个提议退出的人，我也后悔跟着出来，而没能尽情享受游览的乐趣。

于是我颇有感慨。古人对天地、山川、草木、虫鱼、鸟兽的观察，往往有所收获，这是因为他们对问题追求思索得深刻，没有什么不加以体察的。平坦而近的地方，游的人就多；艰险而远的地方，到的人就少。而世上奇特雄伟、壮丽怪异、不同寻常的景色，常常在艰险而远、一般人很少到达的地方。所以说没有毅力的人是不能到达的。有毅力，不随从别人停止，但力气不足的，也不能到达。有毅力和气力，又不随别人而懈怠，到了幽深黑暗令人迷惑的地方，若没有什么东西帮助，也不能到达。但是，力气尚可到达的地方自己却没有到达，不仅会受他人的讥笑，并且自己也会后悔。尽了自己勇气和毅力而不能到达的，可以没有什么后悔的了，谁还能讥笑呢？这是我从这件事上受到的启发。

我对于倒在地上的碑石，又感叹古书没有记录而后世的人以讹传讹，难以搞清楚的东西，怎么能说得完呢？这就是搞学问的人不能不深刻地思考而谨慎地选取的原因啊。

同游的四个人是：庐陵（今江西吉安）的萧君圭（字君玉），长乐（今福建长乐）的王回（字深父），我的弟弟王安国（字平父）和王安上（字纯父）。

答司马谏议书 [1]

【题解】

　　这是王安石的一篇驳论名篇。本文是他给当时任翰林学士兼侍读学士、右谏议大夫司马光的答书，针锋相对地驳斥了保守派的污蔑攻击，毫不含糊地表明了打破苟且习气、坚决改革政治的信念。由于作者深信变法事业的正确性与必要性，并且认清他与守旧势力存在根本分歧，这封答书写得措辞简洁，干净利落，又能抓住要害，深刻犀利。置身新旧党争的旋涡之中，面对非难新法的一片喧嚣，这位厉行改革的政治家和一代文豪的倔强而又自信的性格，理直自然气壮的魄力，令人深为感动。本文旗帜鲜明，悍后雄健，使文章的论辩战斗之风也得到了十分充实的展示。

【原文】

　　某启：昨日蒙教 [2]。窃以为与君实游处相好之日久，而议事每不合，所操之术多异故也 [3]。虽欲强聒，终必不蒙见察，故略上报，不复一一自辨 [4]。重念蒙君实视遇厚，于反复不宜卤莽，故今具道所以，冀君实或见恕也 [5]。

　　盖儒者所争，尤在于名实，名实已明，而天下之理得矣 [6]。今君实所以见教者，以为侵官、生事、征利、拒谏，以致天下怨谤也 [7]。某则以君谓受命于人主，议法度而修之于朝廷，以授之于有司，不为侵官；举先王之政，以兴利除弊，不为生事；为天下理财，不为征利 [8]；辟邪说，难壬人，不为拒谏 [9]；至于怨诽之多，则固前知其如此也。人习于苟且非一日，士大夫多以不恤国事、同俗自媚于众为善，上乃欲变此，而某不量敌之众寡，欲出力助上以抗之，则众何为而不汹汹然 [10]！盘庚之迁，胥怨者民也，非特朝廷士大夫而已 [11]。盘庚不为怨者故改其度，度义而后动，是而不见可悔故也 [12]。

如君实责我以在位久，未能助上大有为，以膏泽斯民，则某知罪矣〔13〕。如曰今日当一切不事事，守前所为而已，则非某之所敢知〔14〕。无由会晤，不任区区向往之至〔15〕。

【注释】

〔1〕司马谏议：指司马光（1019—1086）。司马光，字君实，陕州夏县（今山西省夏县）人。官至尚书左仆射兼门下侍郎，封温国公。在政治上，他是反对王安石变法的守旧派领袖，执政时，曾废弃一切新法。新党执政，他便闭门主编《资治通鉴》。新法推行时，司马光为翰林学士兼侍读学士、右谏议大夫，他曾三次致书王安石反对新法（文见《温国文正司马公文集》卷六十），本文是作者就司马光《与王介甫书》的回信。

〔2〕某：古人写信，起草时常以"某"代替自己的名字，正式抄录时，再写上全名。启：书信用语。陈述。

〔3〕游处：交往相处。司马光信中说："然自接待以来，十有余年，屡尝同僚。"作者早年曾与司马光同为群牧司判官。不合：司马光信中亦云："曩者与介甫议论朝廷事，数相违戾。"操：持。

〔4〕聒（guō）：喧扰。《楚辞·九思·疾世》："鸰鹆鸣兮聒余。"注："多声乱耳为聒。""强聒"，强作解释。辨：同"辩"，申辩。

〔5〕视遇：看待。反复：指书信往来。卤莽：粗疏草率。

〔6〕名实：名指名称、观念；实指客观事实。《孟子·告子下》："先名实者，为人也。"赵岐注："名者，有道德之名；实者，治国惠民之功实也。"

〔7〕侵官：侵犯其他官吏的职责。

〔8〕理财：管理财政。

〔9〕辟：排除。难：反驳。壬人：巧言谄媚的人。

〔10〕恤：忧虑。同俗：附合世俗之见。汹汹然：喧闹的样子。

〔11〕盘庚：商代中兴之主，汤的九世孙、阳甲之弟。从汤到盘庚，商迁都五次。盘庚将都城从奄（今山东曲阜）迁到亳之殷地（今河南安阳）时，曾遭到贵族和被贵族鼓动起来的一些人的反对。文中"盘庚之迁"二句出自《尚书·盘庚·序》："盘庚五迁，将治亳殷，民咨胥怨。"孔安国传："胥，相也。"胥怨：相与埋怨。

〔12〕度：计划。下句"度"是揣度、考虑的意思。"度义"，考虑到理由正当。义，宜。《左传》昭公四年："且吾闻为善者不改其度，故能有济也。民不可逞，度不可改。"

〔13〕膏泽：恩泽，这里作运词用。《孟子·离娄下》："膏泽下于民。"

〔14〕事事：办事"前事"为动词，后"事"为名词。知：领教。

〔15〕由：缘由，机会。不任：不胜。区区：爱慕、思念。向往：仰慕。

【译文】

安石启：昨日承蒙您来信指教。我认为自己与您私下的交往相处友好的日子很长，但两人议论政事却老是意见不合，这是因为各人所持的主张不同的缘故。虽然我想强作解释，最后必然还是得不到你的谅解，所以只在信中只做简略恢复，不打算为自己一一辩解了。又想到承你十分看得起我，在书信往来中不应该草率粗疏，所以今天我详细说明一下原因，希望君实您也许会原谅我的。

司马光

大概儒家学者所争论的，最突出的就是事物的名分和实际情况是否相符的问题，名分和实际情况的关系明确以后，那天下一切道理也就认清了。如今君实指教我的无非是认为我推行新法侵夺了其他官吏的职权、是扰民生事、征敛财利、是拒绝他人的规劝，因而招来了天下人的埋怨和指责。我却认为我是从君主那里接受命令，在朝廷里制定出法令制度，再把它们交给官吏去执行，这不是侵夺其他官吏的职权；实行先王的政策，而兴办有利的事业、革除有害的陋习，不能说是生事扰民；为国家管理财政，这不是求利；批驳不正确的言论，批驳谄媚之徒的花言巧语，这不能说是拒绝劝告。至于能够招来这么多的怨恨和职责，本来事先我就料到会出现这样的情况。人们习惯于得过且过不只一天了，士大夫们大都把不为国事忧虑、随声附和、讨好众人，把这些当作出世良方，于是皇上想改变这种状况，而我不估量反对的人是多是少，准备献出力量帮助皇上和他们对抗，那这班人怎么会不气势汹汹地喧闹呢？盘庚迁都的时候，一起埋怨他的是广大老百姓，不只是朝廷里的士大夫反对而已。盘庚没有因为有人埋怨就改变他迁都的计划。他是考虑到这样做合适，然后才行动的，因此看不出有值得悔改的地方。

如果君实责备我担任宰相时间久了，未能帮助皇上有大的作为，好让人民得到更多恩惠，那我承认自己的罪过。如果说现在应当一切事情都不要作，只是墨守陈规就行了，那就不是我所敢于认可的了。没有机会会面，我对你思念、仰慕到极点的心情实在无法受得住啊。

伤 仲 永

【题解】

　　这篇散文，以明了流畅的语言记述"神童"故事的短文。"神童"仲永幼时聪明过人，操笔成诗，受到乡人称赞；长大以后由于没有得到培养教育，学习提高，成了平庸之辈。它生动地说明了后天教育是人才成长的决定条件。聪明颖悟如仲永，放弃学习，终于一事无成。至于普通的人，不肯努力学习，后果更加不堪设想了。文章类似传记形式，前半记述人物事迹，简洁凝炼，后半作者发表评论，含意深刻。文中承认世上真有"生而知之"的所谓"神童"，陷入唯心主义的先验论，暴露了他在哲学思想上的不彻底性，但是文中主要观点是正确的、积极的。

【原文】

　　金溪[1]民方仲永，世隶耕[2]。仲永生五年，未尝识书具[3]；忽啼求之。父异焉。借旁近[4]与之，即书诗四句，并自为其名。其诗以养父母、收族为意[5]，传一乡秀才[6]观之。自是指物作诗立就，其文理皆有可观者。邑人[7]奇之，稍稍宾客其父[8]，或以钱币乞之[9]。父利其然[10]也，日扳仲永环谒[11]于邑人，不使学。余闻之也久。明道[12]中，从先人[13]还家，于舅家见之，十二三矣。令作诗，不能称前时之闻[14]。又七年，还自扬州，复到舅家问焉。曰："泯然众人矣[15]！"王子[16]曰："仲永之通悟[17]，受之天也。其受之天也，贤于材人[18]远矣。卒[19]之为众人，则其受于人者不至[20]也。彼其受之天也，如此其贤也；不受之人，且为众人。今夫不受之天，固众人；又不受之人，得为众人而已耶？"

【注释】

〔1〕金溪：县名，现江西省金溪县。

〔2〕隶：属于。

〔3〕书具：写字的工具，指笔、墨、纸、砚。

〔4〕旁近：邻居。

〔5〕收族：使同族人按辈份、亲疏的宗法关系和谐地组织起来。以……为意：以……作为诗的内容。

〔6〕秀才：指一般学识优秀的士人。

〔7〕邑人：同乡人。

〔8〕宾客其父：用宾客的礼节款待他的父亲。宾客：把……当成宾客。

〔9〕乞：讨取。

〔10〕利其然：贪图这样。利：以……为利。

〔11〕扳：领着。环谒：到处拜访。

〔12〕明道：宋仁宗（赵祯）年号（1032—1033）。

〔13〕先人：作者死去的父亲，即王益。

〔14〕称：相称，相当。

〔15〕泯然：才华尽灭的样子。

〔16〕王子：作者自称。

〔17〕通悟：通达聪慧。

〔18〕材人：指后天培养起来的人才。

〔19〕卒：最终。

〔20〕受于人：受教育。

【译文】

金溪乡民方仲永，家里世代务农。仲永五岁时，还不认得笔、墨、纸、砚；一天忽然哭着要这些东西。父亲感到奇怪。就从邻居家借来给他，他立刻写了四句诗，并且写上了自己的名字。那诗以奉养父母、搞好同族关系为内容的，全乡有学识的人都传阅了。从此，人们只要指定某一物件作诗题，他立刻就能写成，诗的文采内容都有许多可取之处。同乡人都把他看作奇才，渐渐有人以宾客之礼款待他父亲，也有人用钱购买仲永的诗作。他的父亲以为可以有利可图，就每天领着仲永到处去拜访乡人，没有让他学习。我听到这件事已经很久了。明道年间，跟随父亲回家乡，在舅舅家里见到过方仲永，他已经十二三岁了。叫他做诗，已经比不上过去人们传说的那样好了。又过了七年，我从扬州回来，再到舅舅家问起仲永的情况。回答说："他的才华消失，和普通人一样了！"王安石说："仲永的通晓聪慧，是先天赋予的。他的天赋比后天培养成才的人优越得多。他最终成为普通的人，是后天没有受到教育的缘故。像他这样天赋才华是这样的伏异，没有受到教育，尚且要沦为普通人。如今那些没有天赋，本来只是个普通人，如果又不接受教育，恐怕会连个普通人都不如吧？"

苏　轼

苏轼（1037—1101），北宋著名文学家，书画家。字子瞻，号东坡居士，眉山（今四川眉山县）人。曾任短期京官，知密州、徐州、湖州。因反对王安石变法，以作诗"谤讪朝廷"罪贬为黄州团练副使。后又官任翰林学士，并又再度被贬至惠州、儋州，最后病死常州。苏轼在政治上属旧党，但他又有改革弊政的要求，并与旧党有政见分歧。苏轼的文章明白畅达、汪洋恣肆，与其父苏洵、弟苏辙并称"三苏"，同时列入"唐宋八大家"。其诗清新豪健，善用夸张比喻，艺术风格独特。其词豪迈奔放，开豪放派一代词风。此外，苏轼在书法及绘画方面均有很高造诣。今有苏轼诗文一百余卷，收入《东坡全集》。

刑赏忠厚之至论

【题解】

《刑赏忠厚之至论》是苏轼参加进士考试的论文。文章先列举古代贤君明主"爱民之深，忧民之切"，有善即赏，不善则在罚的同时又"哀矜"，极尽忠厚之事；继而以尧的两件事以具体证明；最后论及以忠厚行刑赏之事可以使天下之人都回到宽仁忠厚。这是对儒家"重赏轻罚""仁政"主张的宣扬，举例精当，论述有力，语言明快，因而得到了当时的主考官、古文运动领袖欧阳修的赞赏。

【原文】

尧、舜、禹、汤、文、武、成、康之际[1]，何其爱民之深，忧民之切，而待天下以君子长者之道也！有一善，从而赏之，又从而咏歌嗟叹之，所以乐其始而勉其终。有一不善，从而罚之，又从而哀矜惩创之，所以弃其旧而开其新。故其吁俞之声，欢休惨戚，见于虞、夏、商、周之书[2]。成、康既没，穆王立而周道始衰[3]。然犹命其臣吕侯，而告之以祥刑[4]。其言忧而不伤，威而不怒，慈爱而能断，恻然有哀怜无辜之心，故孔子犹有取焉。

《传》曰[5]："赏疑从与，"所以广恩也。"罚疑从去，"所以慎刑也。当尧之时，皋陶为士。将杀人，皋陶曰杀之，三。尧曰宥之，三[6]。故天下畏皋陶执法之坚，而乐尧用刑之宽。四岳曰："鲧可用。"尧曰："不可，鲧方命圮族。"既而曰："试之。"[7]何尧之不听皋陶之杀人，而从四岳之用鲧也？然则圣人之意，盖亦可见矣。《书》曰[8]："罪疑惟轻，功疑惟重。与其杀不辜，宁失不经[9]。"呜呼！尽之矣。可以赏，可以无赏，赏之过乎仁；可以罚，可以无罚，罚之过乎义。过乎仁，不失为君子；过乎义，则流而入于忍人。故仁可过也，义不可过也。

古者赏不以爵禄，刑不以刀锯。赏之以爵禄，是赏之道行于爵禄之所加，而不行于爵禄之所不加也。刑以刀锯，是刑之威施于刀锯之所及，而不施于刀锯之所不及也。先王知天下之善不胜赏，而爵禄不足以劝也；知天下之恶不胜刑，而刀锯不足以裁也。是故疑则举而归之于仁，以君子长者之道待天下，使天下相率而归于君子长者之道。故曰忠厚之至也。

《诗》曰[10]："君子如祉，乱庶遄已；君子如怒，乱庶遄沮[11]。"夫君子之已乱，岂有异术哉？时其喜怒，而无失乎仁而已矣。《春秋》之义[12]，立法贵严，而责人贵宽。因其褒贬之义以制赏罚，亦忠厚之至也。

【注释】

〔1〕唐尧、虞舜为传说中原始社会末期部落联盟的首领，夏禹、商汤、周文王、周武王为三代开国的君主，周成王、周康王亦为盛世。后皆被认为古代的贤君。

〔2〕虞、夏、商、周之书：指《书经》中的《虞书》、《夏书》、《商书》和《周书》。

〔3〕穆王：康王之孙，昭王之子，为周朝第五代天子。

〔4〕吕侯：周穆王时大臣，曾制《吕刑》，用刑较轻。

〔5〕《传》：即《孔安国传》。苏轼引文意义虽同，字句稍误。

〔6〕宥之三：《礼记·王制》："王三宥，然后制刑。"《芥隐笔记·杀之三宥之三》：苏轼中进士，谒见主考官欧阳修，修问此二句出处，轼曰：何必出处，想当然耳。

〔7〕四岳：尧时四方部落的首领，也有人认为是当时掌管祭祀和历法的官员。

〔8〕《书》：指《书经》。

〔9〕罪疑惟轻四句：语出《书经·大诰》。

〔10〕《诗》：指《诗经》。

〔11〕君子如祉四句：语出《诗经·小雅·巧言》。

〔12〕《春秋》：鲁国编年史，经孔子删定，为儒家经典著作之一。

【译文】

　　尧、舜、禹、汤、文、武、成、康在位的时候，那是多么无微不至地爱护百姓，为老百姓着想，并且用对待仁人君子的礼仪来对待黎民百姓。有人做了一件好事，便奖赏他，还用诗歌的形式来赞扬他，以此肯定他的做法并勉励他坚持下去；有人做了一件坏事，便惩罚他，并满怀怜悯痛心地教训他，用这种方式来使他弃恶从善、悔过自新。所以人们表示赞成或反对的感叹声，喜悦欢欣或悲伤忧愁的感情，在虞、夏、商、周的书里都有记载。成王、康王先后去世以后，穆王继承王位而周朝开始衰败，但是他仍然召见他的大臣吕侯，告诫他要谨慎地使用刑罚。他的话忧愁而不悲伤，威严而不愤怒，慈爱而又果断，对无辜者充满了同情和怜悯，所以孔子认为《吕刑》有可取之处而把它选进《尚书》中。

　　《传》说："对将要奖赏的人即使有所怀疑，也还是照样奖赏他。"这是为了推广恩德啊。"对将要处罚的人若有疑惑要免于处罚。"这是为了谨慎地使用刑罚啊。尧在位的时候，皋陶担任法官，将要处决犯人，皋陶三次说"杀"，尧帝却三次说"赦免"。所以老百姓都畏惧皋陶执法的坚决，而庆幸尧帝量刑的宽大。四岳建议说："鲧可以用。"尧帝说："不行。鲧常常抗命违众。"过后又说："就试用一下吧。"为什么尧帝不同意皋陶处决犯人的意见，却接受四岳用鲧的建议呢？圣人的用意，从这里大致也能看到啊。《尚书》上说："对罪行有疑惑，只能从轻发落；对功绩有疑惑，仍要重奖。与其杀死一个无辜的人，宁可自己承担执法不严的罪责。"唉！再没有比这更仁至义尽的了。可以奖赏，也可以不奖赏，奖赏他就过于仁厚了；可以处罚，也可以不处罚，处罚他又过分严厉了。过于仁厚，仍不失为君子；过分严厉，就会成为残酷无情的人。所以仁厚可以过分，严厉却不能过分。

　　古时候奖赏不单纯用爵位和俸禄，刑罚不单纯用刀和锯。用爵位和俸禄作奖赏，那只能把奖赏的范围局限在享有爵位和俸禄的人们之中，而无法奖赏这个范围之外的人；用刀锯来处罚，这只能把刑法的威力施加在罪犯头上，而对未犯罪的人则无威慑力可言。过去的帝王深知天下做好事的人多得赏不胜赏，如果用有限的爵位和俸禄作奖赏是根本不够奖赏的；也深知天下做坏事的人多得罚不胜罚，光用刀锯是无法制裁的。所以凡是对赏罚对象有所怀疑的都一概用仁厚的态度来处理。用对待仁人君子的礼仪对待黎民百姓，使黎民百姓相互督促着向仁人君子学习，所以说这是忠厚到了极点啊。

《诗经》说："君子如果喜欢好的，祸乱就会迅速结束。君子如果痛恨坏的，祸乱就会很快平定。"君子使祸乱迅速平定，难道有什么奇招异术吗？该喜就喜，该怒则怒，不过始终不失仁厚罢了。《春秋》一书的要点便是，制定法律贵在严肃而处罚人则贵在从宽。根据其褒贬的原则进行赏罚，这也是忠厚到了极点啊。

留　侯　论

留侯，即张良。良字子房，相传为城父（今安徽亳州市）人，为刘邦重要谋士，辅助刘邦灭秦、灭项羽。建汉后，封于留（今江苏徐州附近），故称留侯。后退隐。张良一生为刘邦设计良谋无数，从历史的角度来看，这是张良成功名之所在。本文论张良，却不以此为重点，而是论张良之所以成为张良的原因在于他放弃了以一击刺秦王的匹夫之勇，而接受了圯上老人的试探、警诫，"小忍而就大谋"，不仅成就了自己的功名，并因此而影响了高祖，遂成帝王大业。

【原文】

古之所谓豪杰之士，必有过人之节，人情有所不能忍者。匹夫见辱，拔剑而起，挺身而斗，此不足为勇也。天下有大勇者，卒然临之而不惊，无故加之而不怒，此其所挟持者甚大，而其志甚远也。

夫子房受书于圯上之老人也，其事甚怪[1]。然亦安知其非秦之世，有隐君子者，出而试之。观其所以微见其意者，皆圣贤相与警戒之义。而世不察，以为鬼物，亦已过矣！且其意不在书。当韩之亡，秦之方盛也，以刀锯鼎镬待天下之士。其平居无事夷灭者，不可胜数。虽有贲、育，无所获施[2]。夫持法太急者，其锋不可犯，而其势未可乘。子房不忍忿忿之心，以匹夫之力，而逞于一击之间。当此之时，子房之不死者，其间不能容发，盖亦危矣！千金之子，不死于盗贼。何哉？其身可爱，而盗贼之不足以死也。子房以盖世之才，不为伊尹、太公之谋[3]，而特出于荆轲、聂政之计[4]，以侥幸于不死。此圯上老人所为深惜者也。是故倨傲鲜腆而深折之。彼其能有所忍也，然后可以就大事。故曰："孺子可教也。"

楚庄王伐郑，郑伯肉袒牵羊以迎。庄王曰："其主能下人，必能信用其民矣[5]。"遂舍之。勾践之困于会稽，而归臣妾于吴者，三年而不倦[6]。且夫有报人之志，而不能下人者，是匹夫之刚也。夫老人者，以为子房才有余而忧其度量之不足，故深折其少年刚锐之气，使之忍小忿而就大谋。何则？非有平生之素，卒然相遇于草野之间，而命以仆妾之役，油然而不怪者，此固秦皇之所不能惊，而项籍之所不能怒也[7]。

观夫高祖之所以胜，项籍之所以败者，在能忍与不能忍之间而已矣。项籍惟不能忍，是以百战百胜，而轻用其锋。高祖忍之，养其全锋而待其敝，此子房教之也。当淮阴破齐而欲自王，高祖发怒，见于词色[8]。由是观之，犹有刚强不能忍之气，非子房其谁全之？

太史公疑子房以为魁梧奇伟，而其状貌乃如妇人女子，不称其志气[9]。呜呼！此其所以为子房欤！

【注释】

〔1〕子房受书：张良在下邳（江苏邳县东）时，在桥上散步，遇一老人故意将鞋落到桥下，命他拾起，替自己穿在脚上，经过反复考验，见他能忍耐，认为孺子可教，遂授予兵书。相传即《黄石公兵法》。良终以此成大业。

张 良

〔2〕贲、育：孟贲、夏育，皆战国时著名勇士。

〔3〕伊尹：商初大臣，助商汤灭夏，建立商朝。太公：即姜太公吕尚，为周文王和武王的大臣，助周灭殷，建立周朝。

〔4〕荆轲：战国时刺客，为燕太子丹刺秦王，不中，被杀。聂政：战国时韩人，为严仲子刺韩相韩傀，事成后自杀。

〔5〕楚庄王：春秋时五霸之一。公元前597年，率兵伐郑，郑国的君主襄公卑词谢罪，避免了一场战争。

〔6〕勾践：春秋末年越国君主。公元前494年被吴王夫差战败，被俘，质于吴国。受尽屈辱，三年后回国，卧薪尝胆，发愤图强，终于灭吴。

〔7〕项籍：字羽，秦末起兵，称西楚霸王。后被汉王刘邦打败，乌江自刎。

〔8〕高祖：即汉高祖刘邦，派淮阴侯韩信平齐（山东），韩信成功后派人给刘邦送信，要求封王，刘邦大怒，张良用脚止其息怒，附耳轻语，刘邦省悟，封韩信真王，避免了韩的叛变。

〔9〕太史公：司马迁自称。在《留侯世家》中说了关于张良的这段话。

【译文】

古时候所说的英雄人物，一定有超过一般人的气度，能忍受一般人所无法忍受的事情。一般人受到侮辱，拔剑而起，挺身而斗，这不能称为是勇敢。天下有非常勇敢的人，大祸突然降临而不震惊，无缘无故地怪罪他而不恼怒，这是因为他所负的使命很重大，而他的志向也很远大啊。

张子房在圯上老人那里得到赠书，这件事很奇怪。但又怎么知道那位老人不是在秦朝时就隐居起来的君子出来试探考验他呢？观察一下他那从细节体现出来的他的用心，都是古圣先贤们相互提醒、警诫的道理。可是世人不用心思考，竟认为他是鬼神，也就大错特错了。何况他的用意并不仅仅在于赠书一事。当韩国灭亡，秦国正强盛的时候，秦国用残酷的刑罚来对待天下的读书人，那些平时足不出户没有任何犯罪行为无故被屠杀的，多得数不胜数。即使有孟贲、夏育那样的人，也无法获得施展本领的机会。执法过于严厉的人，他的锋芒是不能触犯的，而且他的势头是不可阻挡的。张子房忍耐不住愤怒的心情，只凭借个人的力量，企图通过一椎猛击达到杀死秦始皇的目的。在这个时候，张子房侥幸未被杀死，但到死亡之门的距离小得几乎容不下一根头发，这也太危险了。家财万贯的人，决不肯与盗贼死拼硬斗。为什么呢？因为他很珍惜自己的生命，觉得死在盗贼手里太不值得。张子房凭着盖世无双的才能，不去筹划伊尹、太公那样的治世大计，却反而作出荆轲、聂政的暗杀下策，而侥幸的是没有被秦始皇捉住杀死，这也是圯上老人替他深深惋惜的啊，所以才用傲慢无礼的态度来使他深受磨砺。他在这种情况下能隐忍不发，以后就能够成就一番大事业，所以老人才说："这孩子是能够教导的。"

楚庄王攻打郑国，郑伯光着上身牵着羊来迎接。庄王说："郑国的君主能谦卑地对待人，也必定能够信任地使用他的臣民了。"于是放弃了原来的打算。越王勾践被围困在会稽山，被迫投降，像奴仆一样为吴国服役，历经三年而不倦怠。如果有复仇的决心，却不能暂时忍耐着屈居人下，这只是普通人的刚强。那位老人，认为张子房才能有余，而担心他的度量不够，所以有意深深地磨砺他那年轻人特有的刚强锐利之气，使他忍住小怒以成就大事业。为什么要那样做呢？一个与老人素昧平生的人，突然在荒郊野地与老人萍水相逢，却被命令做奴仆婢妾所干的事情，若无其事而不见怪的，这个人肯定是秦始皇吓不倒、项籍也无法激怒的啊。

看来汉高祖胜利的原因，项籍失败的缘故，关键在于是否能够忍耐罢了。项籍仅仅因为不能忍耐，所以勇往直前而轻率地使用他的有生力量；汉高祖敛心收性，养精蓄锐而耐心地等待对方的疲惫衰竭，这是张子房给他出的主意啊。当韩信打败齐国想要自立为王时，高祖大为恼火，言辞和脸色都充满着愤怒。从这里看来，汉高祖居然也有刚强不能忍耐的脾性，如果不是张子房，还有谁能够成全他呢？

太史公本以为张子房一定长得高大魁梧，却不料后来看到他的画像，发现他长得竟然宛若妇人女子，与他的志向、气度不相称。啊！这大概就是子房成为子房的原因吧。

喜雨亭记

【题解】

苏轼于宋仁宗嘉祐六年（1061）十二月到凤翔府任签判。喜雨亭在凤翔府城东北。文章开头说明命名之由，也指明了文章的主旨，扣一"喜"字而写。第二段主要写"雨"，带出"亭"，后两段写游亭之感。全文写透一个"喜"字，得雨之喜，建亭之喜，而喜中流露出的却是对人民生活的深切关怀，无枯燥说教之感，充满了轻松幽默。

【原文】

亭以雨名，志喜也。古者有喜，则以名物，示不忘也。周公得禾，以名其书[1]；汉武得鼎，以名其年[2]；

叔孙胜敌，以名其子〔3〕；其喜之大小不齐，其示不忘一也。

予至扶风之明年〔4〕，始治官舍。为亭于堂之北，而凿池其南。引流种树，以为休息之所。是岁之春，雨麦于岐山之阳，其占为有年〔5〕。既而弥月不雨，民方以为忧。越三月，乙卯乃雨，甲子又雨，民以为未足；丁卯大雨，三日乃止〔6〕。官吏相与庆于庭，商贾相与歌于市，农夫相与忭于野。忧者以喜，病者以愈，而吾亭适成。

于是举酒于亭上，以属客而告之，曰："五日不雨可乎？"曰："五日不雨则无麦"。"十日不雨可乎？"曰："十日不雨则无禾"。"无麦无禾，岁且荐饥，狱讼繁兴而盗贼滋炽，则吾与二三子，虽欲优游以乐于此亭，其可得耶？今天不遗斯民，始旱而赐之以雨，使吾与二三子得相与优游而乐于此亭者，皆雨之赐也。其又可忘耶？"

既以名亭，又从而歌之，曰："使天而雨珠，寒者不得以为襦；使天而雨玉，饥者不得以为粟。一雨三日，伊谁之力？民曰太守，太守不有，归之天子。天子曰不然，归之造物。造物不自以为功，归之太空。太空冥冥，不可得而名，吾以名吾亭。"

【注释】

〔1〕周公得禾：相传，成王的弟弟唐叔得到一株生长特殊的嘉禾，两苗合生一穗，认为是一种祥瑞，把它献给成王，成王又把它送给正在东土的周公，周公写了一篇文章，名叫《嘉禾》纪念此事。

〔2〕汉武得鼎：汉武帝在元狩七年（前116）夏六月，得宝鼎于汾水上，遂改年号，以该年为元鼎元年。

〔3〕叔孙胜敌：春秋时，鲁文公十一年（前616）冬，北狄犯鲁，文公命叔孙得臣击之，获其首领侨如，得臣因名其子为侨如。

〔4〕扶风：古郡名，宋为凤翔府，治所在今陕西凤翔。

〔5〕雨麦：像下雨一样落下麦子。

〔6〕丁卯：我国古代以干支纪时。嘉祐七年（1062）三月初一为戊申，则乙卯为初八，甲子为十七日，丁卯为二十日。

　　我建造的这座亭子用雨来命名，是为了纪念当时下雨这一件喜事。古时候有了什么让人喜庆的事，就用来命名事物，以表示永远不忘记的意思。当初周公接到周成王赏赐的嘉禾，便用它作为自己文章的篇名；汉武帝获得从汾阴发现的宝鼎，便用它作了

自己的年号；战国时鲁国的将领叔孙得臣俘获了狄人侨如，便把自己的儿子改名侨如。虽然他们的喜事大小不一样，但表示他们永不忘记的心志却是一致的。

　　我到扶风（指凤翔府，治所在今陕西凤翔）的第二年，才开始建造官舍。在庭堂的北面修了一座亭子，在南面开凿了一口池塘，引来流水，栽种树木，作为休息的场所。这年春天，在岐山之南下了一场麦雨，占卜后说是丰年的征兆。而之后整整一个月没有下雨，老百姓于是甚为忧愁。时节过了阴历三月，到三月八日才下了雨，三月十七日又下了雨，而老百姓认为雨还下得不够。到了三月二十日，天降大雨，一连三日才停。官吏们在衙门里一起庆贺，商人们在集市上一起唱歌，农民们在田野中一起欢笑。忧愁的人因此高兴，生病的人因此痊愈，而我的亭子正好在这时建成了。

　　于是，我便在亭子向客人举杯敬酒，并问他们：“五天不下雨可以吗？”回答说：“五天不下雨就收获不到麦子了。”“十天不下雨可以吗？”回答说：“十天不下雨就收获不到稻子了。”“收不到麦子、稻子，就会出现灾荒，诉讼案件就会增多，而盗贼会愈加猖獗。那么我与诸君即使想悠然从容地在这个亭子间玩乐，难道能够如愿吗？现在上天不遗弃这里的百姓，才显旱象就赐降大雨。使我与诸君能一起在这个亭子上悠闲从容游乐的，都是这从天而降的喜雨赏赐的啊，这又怎么能够忘记呢？”

　　既已以“喜雨”命名亭子，又接着歌唱此事。歌词说：“即使上天降下珍珠，受寒的人也不能把它当作短袄来穿；即使上天降下宝玉，饥饿的人也不能把它当作粮食来吃。一连下了三天大雨，这是谁的力量？百姓说是太守；太守说他不曾有这样的力量，归功于天子；天子也不以为然，归功于造物之主；造物主不认为是自己的功劳，归功于太空；太空深远飘渺，不可探问，难以求得答案，我便用‘喜雨’命名我的亭子。”

凌虚台记

唐宋八大家散文

【题解】

本文是苏轼任凤翔判官时，为当时的太守所筑的一个名为凌虚的土台子所作的记。文章前半部分记了筑台的原因、过程及命名的原因。文章的后半部分是重点，作者借台子从无到有以至恍然如山，抒发事物的废兴成毁是不能预先知道的人事之感，事物如此，历史的兴衰更是如此。正因如此，作者得出不可以一台之得"夸世而自足"，"世有足恃者，而不在乎台之存亡也"的结论，"足恃者"为何？苏轼没说，很显然，应该是有益于世的功业。

【原文】

国于南山之下，宜若起居饮食与山接也。四方之山，莫高于终南；而都邑之丽山者，莫近于扶风[1]。以至近求最高，其势必得。而太守之居，未尝知有山焉。虽非事之所以损益，而物理有不当然者。此凌虚之所为筑也。

方其未筑也，太守陈公杖履逍遥于其下[2]。见山之出于林木之上者，累累如人之旅行于墙外而见其髻也。曰："是必有异。"使工凿其前为方池，以其土筑台，高出于屋之檐而止。然后，人之至于其上者，恍然不知台之高，而以为山之踊跃奋迅而出也。公曰："是宜名凌虚。"以告其从事苏轼，而求文以为记[3]。轼复于公曰："物之废兴成毁，不可得而知也。昔者荒草野田，霜露之所蒙翳，狐虺之所窜伏；方是时，岂知有凌虚台耶？废兴成毁，相寻于无穷，则台之复为荒草野田，皆不可知也。尝试与公登台而望，其东则秦穆之祈年、橐泉也[4]，其南则汉武之长杨、五柞[5]，而其北则隋之仁寿[6]、唐之九成也[7]。计其一时之盛，宏杰诡丽，坚固而不可动者，岂特百倍于台而已哉？然而，数世之后，欲求其仿佛，而破瓦颓垣，无复存者，既已化为禾黍荆棘丘墟陇亩矣，而况于此台欤！夫台犹不足恃以长久，而况于人事之得丧，忽往而忽来者欤？而或者欲以夸世而自足，则过矣。盖世有足恃者，而不在乎台之存亡也。"

　　既以言于公，退而为之记。

【注释】

〔1〕扶风：古郡名，宋称凤翔府，即今陕西凤翔县。

〔2〕太守陈公：陈希亮（1000—1065），字公弼，眉州青神（今属四川）人，天圣进士，历知长沙县，房宿曹庐等州，后为京东转运使，于嘉祐八年（1063）正月，移知凤翔府。岁饥，发仓粟贷民，秋熟，以新易旧，官民皆便。为人清静寡欲。王公贵人皆严惮之。所至，奸民猾吏，易心改行。然出于仁恕，故严而不残。

〔3〕求文以为记：苏轼于嘉祐六年（1061）十二月到凤翔，任签书判官。其初知府为宋选。至八年正月，陈希亮接任知府。应陈之请，写作本文。

〔4〕祈年、橐泉：据《汉书·地理志·雍》注："橐泉宫，孝公起；祈年宫，惠公起。"

〔5〕长杨、五柞：据《三辅黄图》一，"长杨宫，在今周至县东南三十里，本秦旧宫，至汉修饰之，以备行幸，宫中有垂杨数亩，因为宫名。"据《汉书·武帝纪》："后元二年二月，行车周至五柞宫。"注："有五柞树，因以名宫也。"

〔6〕仁寿：据《隋书·食货志》："（开皇）十三年，（隋文）帝命杨素出，于岐州北造仁寿宫。"

〔7〕九成：据《唐会要》卷三十九：九成宫，在陕西麟游县西，本隋仁寿宫。唐太宗贞观五年重修，为避暑之所，以山有九重，改名九成。

【译文】

　　州城建造在终南山下，住在城里的人似乎应该在日常生活中，比如喝茶吃饭等，和山的联系多一些。州城四面的山，没有高过终南山的，而城市靠着终南山的，没有比扶风（指凤翔府治所，在今陕西凤翔）更近的。以最近的去眺望最高的，一般来说，是一定能够做到的。但是太守居住在扶风，却不曾知道眼前还有座终南山。这虽然与治理政事的好坏没有什么关联，但从事理上来说却是不应该的。这就是建造凌虚台的原因。

　　在还没有筑台的时候，太守陈希亮公拄着手杖在它下面自由自在地散步，突然看见树林上面露出一些山峰的影子，一个接一个的就像人行走在墙外只能看到他的发髻那样，便说："这里一定有特异的景致。"便派人在前边挖了一口方正的池塘，用挖出的土筑起一座台子，台子的高度只稍稍高过人家的屋檐。这样，人走在台上，恍惚之间忽略了台子的高度，却认为山峰是突然腾跃上来的。陈公说："这个台应该起名为凌虚。"就把这个意思告诉给他的属官苏轼，要他写篇文章记下来。苏轼又对陈公说："一座建筑物的荒废与兴起，完成与毁败，是不能够预料的。过去，这里的荒草野田，是霜雪雨露覆盖遮蔽、狐狸毒虫潜来窜去的地方，那时，哪里能料到会有座凌虚台呢？破败与兴起，完成与毁败，是相互循环无穷无尽的，那么凌虚台是否又会变迁为荒草野田，都是不能预料的。我曾经试着和您登台眺望，东边是秦穆公所建的祈年宫、橐泉宫，南边是汉武帝建造的长杨宫、五柞宫，北边是隋文帝建造的仁寿宫、唐太宗建造的九成宫。估计这些盛极一时的建筑物，它们的宏伟、杰出、特异和壮丽，以及坚固得不可动摇的程度，何至超过这个台子的一百倍呢！然而经过几代之后，想要寻求它们的大概形状，却连破瓦断墙也不复存在了，即已化为禾苗杂草土丘田地了，更何况这个台子呢！台子且不能依靠什么得以长久存在，何况人事方面的得与失忽去忽来呢？倘若有人想通过这个台子在世上夸耀而自满就错了。因为世上有可以依靠的，但不在于台子的存在与消亡啊。"

　　我把这些话说给陈公后，退下来就写了这篇文章。

超 然 台 记

【题解】

　　本文先议后叙。议论部分先说"物皆有可观"，故能"安往而不乐"。这是从正面说的。接着作者谈到，如不能超然物外，而为物欲所驱使，最终必是求祸避福，乐少愁多。记叙部分谈自己在困苦环境中是如何超然自乐的。文章宣扬的是一种超然物外、随遇而安的思想。超然台，在宋密州北城上，密州治所在今山东诸城县。写此文时，苏轼正任密州知州。

【原文】

　　凡物皆有可观。苟有可观，皆有可乐，非必怪奇伟

丽者也。铺糟啜醨，皆可以醉；果蔬草木，皆可以饱。推此类也，吾安往而不乐？

夫所为求福而辞祸者，以福可喜而祸可悲也。人之所欲无穷，而物之可以足吾欲者有尽。美恶之辨战于中，而去取之择交乎前，则可乐者常少，而可悲者常多。是谓求祸而辞福。夫求祸而辞福，岂人之情也哉？物有以盖之矣！彼游于物之内，而不游于物之外。物非有大小也，自其内而观之，未有不高且大者也。彼挟其高大以临我，则我常眩乱反覆，如隙中之观斗，又乌知胜负之所在？是以美恶横生，而忧乐出焉，可不大哀乎！

余自钱塘移守胶西[1]，释舟楫之安，而服车马之劳；去雕墙之美，而庇采椽之居；背湖山之观，而行桑麻之野。始至之日，岁比不登，盗贼满野，狱讼充斥，而斋厨索然，日食杞菊，人固疑予之不乐也。处之期年，而貌加丰，发之白者，日以反黑。予既乐其风俗之淳，而其吏民亦安予之拙也。于是治其园圃，洁其庭宇，伐安邱、高密之木[2]，以修补破败，为苟完之计。而园之北，因城以为台者旧矣，稍葺而新之。

时相与登览，放意肆志焉。南望马耳、常山[3]，出没隐见，若近若远，庶几有隐君子乎？而其东则庐山，秦人卢敖之所从遁也[4]。西望穆陵，隐然如城郭，师尚父、齐威公之遗烈，犹有存者[5]。北俯潍水，慨然大息，思淮阴之功，而吊其不终[6]。台高而安，深而明，夏凉而冬温。雨雪之朝，风月之夕，予未尝不在，客未尝不从。撷园疏，取池鱼，酿秫酒，瀹脱粟而食之，曰："乐哉！游乎！"

予弟子由，适在济南[7]，闻而赋之，且名其台曰"超然"。以见予之无所往而不乐者，盖游于物之外也。

【注释】

〔1〕自钱塘移守胶西：苏轼原知杭州（治所在钱塘），于神宗熙宁三年

（1070）调任知密州（治所在山东诸城），因地处胶河以西，故称胶西。

〔2〕安邱、高密：二县，都属当时密州管辖。今属山东省。

〔3〕马耳：山名，在山东诸城市西南五十里，峰形如马耳。常山：在山东诸城市南二十里。相传，秦汉间多高尚之士来此隐居。

〔4〕卢山：（俗本每多误作庐山）在山东诸城东南四十里。秦始皇命博士卢敖入东海，寻找仙人羡门子高，卢敖遁入卢山隐居，相传山有卢敖洞。

〔5〕穆陵：在山东临朐东南大岘山上，山谷峻狭，为"齐南天险"。师尚父：即吕望，又称姜子牙，佐周武王灭殷，封于齐。齐威公：即齐桓公，春秋时齐国国君，为五霸之首。

〔6〕潍水：在诸城北的安邱境内。秦末，韩信击齐，楚派龙且救齐，两军夹潍水而阵，韩信用沙袋壅潍水上游，带兵渡河，与龙且接战，伪装战败退走，龙且追击，韩信决沙袋，河水猛涨，龙且被杀。韩信先被封为齐王，后有人告其谋反，降为淮阴侯。终被吕后骗入宫中，处斩。

〔7〕子由：苏辙，字子由，苏轼之弟，熙宁三年（1070）授齐州掌书记。齐州治所在济南（今属山东）。

【译文】

凡是世界上的事物都有可观赏的地方。如果有可观赏的地方，就都有令人快乐的地方，不必都具有怪异、稀奇、雄伟、瑰丽的特色。吃酒糟、喝薄酒，都可以使人发醉；吃水果、蔬菜甚或野草、树皮，都可以使人腹饱。依此而论，我到哪里会不感到快乐呢？

人们之所以追求幸福而躲避祸患，是认为幸福叫人喜悦而祸患令人悲愁。人的欲望没有穷尽，而外物能满足人的欲望的东西却是有限的。对外物中哪个美好、哪个丑恶的辨别在心中争斗，去求取哪个、舍弃哪个的选择交替出现在眼前，那么，能令人快乐的自然很少，而令人悲叹的自然很多，这叫做求取祸患而舍弃幸福。而求取祸患舍弃幸福，哪里是人的真情呢？这是外物掩蔽了人的心窍啊。那些人只在外物当中求取，而不在外物之外去追求。外物本身并没有大小的分别，从外物的内部去观看，它们没有不是既高又大的。那外物以其高大的气势俯视着我，则只会令我头晕目眩犹豫反复了。犹如从细小的缝隙中观看他人争斗，又哪能得知谁胜谁负呢？因此美好丑恶交相产生，忧愁喜乐夹杂出现，能不令人十分悲哀吗！

我从杭州调任胶州任太守，放弃乘船的安逸，而承受坐车骑马的劳困；舍去雕墙画栋的华美住宅，而住在粗木建造的陋室；离开湖山交映的景致，而行走于种植桑麻的野地。刚到的时候，连年麦谷歉收，盗贼布满郊野，案件繁多，难以数计，而我的厨房里亦空空如也，每天只吃些枸杞菊花，人们自然怀疑我不会有什么快乐了。然而一年满后，我的容貌却更加丰满，头发变白的也日见变黑。我已经对这里民风的淳厚很为高兴，而这里的官吏百姓也习惯于我的质朴笨拙了。这

时，我便修整了衙门里的花园，清扫庭院屋舍，叫人从安丘、高密砍来一些树木，用以修补屋舍破败的地方，作为苟且安生的打算。且把园子北面原有的靠城建造的一座破旧台子，也稍作修葺，使它焕然一新。

我时时和客人一起登临观赏，以放开心境，以尽志趣。站在台上向南望去，马耳山、常山忽隐忽现，若近若远，或许隐居着有德才的君子吧。向东望去有卢山，是秦朝的博士卢敖奉秦始皇之命入海求仙药不成而逃隐的地方。向西望去有穆陵关，隐隐约约地像座城郭，姜太公、齐桓公的遗迹依然存在。向北可俯视潍水，不由得万分感慨而叹息，回想淮阴侯韩信的功勋，而怀悼他没有落下个好下场。这台子又高大又稳固，深广而明亮，夏天凉爽而冬天温暖，若是下雨降雪的清早，或是有风有月的傍晚，我没有不在这里的，客人也没有不随我而来的。平时采摘园中的蔬菜，捕捞池中的鱼儿，拿出自己酿成的高粱酒，煮熟新脱粒的稻米，大家一块儿吃，口中都赞叹道："玩得真痛快呀！"

当时，我的弟弟子由（苏辙字子由）恰巧在济南，听到这件事后就赋诗歌唱，还给这座台子起名叫"超然"，以表示我不论到什么地方都没有不快乐的原因，是我能逍遥于事物本身之外啊！

放 鹤 亭 记

【题解】

作者借云龙山人放鹤引申发挥，认为，放鹤和饮酒这两种嗜好，可以致祸，也可以为乐，关键是在谁行之。为君者可因之而败亡丧国，为隐者却可以因之怡情全真。作者的言外之意很清楚：南面为君不如山林隐居之乐。这是一种典型的出世思想，也是作者政治上失意后的消极情绪的反映。放鹤亭，在江苏徐州云龙山。宋神宗（赵顼）元丰元年（1078）张天骥建，张即文中的"云龙山人"。

【原文】

　　熙宁十年秋[1]，彭城大水[2]，云龙山人张君之草堂[3]，水及其半扉。明年春，水落，迁于故居之东，东山之麓。升高而望，得异境焉，作亭于其上。彭城之山，冈岭四合，隐然如大环，独缺其西一面，而山人之亭，适当其缺。春夏之交，草木际天，秋冬雪月，千里一色。风雨晦明之间，俯仰百变。山人有二鹤，其驯而善飞。旦则望西山之缺而放焉，纵其所如，或立于陂田，或翔于云表，暮则傃东山而归，故名之曰"放鹤亭"。

　　郡守苏轼[4]，时从宾佐僚吏，往见山人，饮酒于斯亭而乐之。挹山人而告之曰："子知隐居之乐乎？虽南面之君，未可与易也。《易》曰：'鸣鹤在阴，其子和之[5]。'《诗》曰：'鹤鸣于九皋，声闻于天[6]。'盖其为物清远闲放，超然于尘埃之外，故《易》、《诗》人以比贤人君子。隐德之士，狎而玩之，宜若有益而无损者，然卫懿公好鹤则亡其国[7]。周公作《酒诰》[8]，卫武公作《抑戒》[9]，以为荒惑败乱，无若酒者；而刘伶、阮籍之徒，以此全其真而名后世[10]。嗟夫！南面之君，虽清远闲放如鹤者，犹不得好，好之则亡其国。而山林遁世之士，虽荒惑败乱如酒者，犹不能为害，而况于鹤乎？由此观之，其为乐未可以同日而语也。"

　　山人欣然而笑曰："有是哉？"乃作放鹤招鹤之歌曰："鹤飞去兮，西山之缺，高翔而下览兮，择所适。翻然敛翼，宛将集兮，忽何所见，矫然而复击。独终日于涧谷之间兮，啄苍苔而履白石。鹤归来兮，东山之阴。其下有人兮，黄冠草履，葛衣而鼓琴。躬耕而食兮，其余以汝饱。归来归来兮，西山不可以久留。"

【注释】

〔1〕熙宁：宋神宗年号，熙宁十年即公元1077年。

〔2〕彭城：北宋时徐州的治所在彭城县，即今江苏徐州市。

〔3〕云龙山：在徐州市云龙区，因山出云气，蜿蜒如龙而得名。宋时张天骥隐居于此，号云龙山人。苏轼知徐州时，与其交往甚密。

〔4〕郡守苏轼：苏轼在熙宁十年（1077）四月到任徐州太守，七月河决，洪水围徐州，轼组织军民筑堤救城，十月河复故道。

〔5〕鸣鹤二句：引自《易经·中孚》。

〔6〕鹤鸣二句：引自《诗经·小雅·鹤鸣》。

〔7〕卫懿公好鹤：据《左传·闵公二年》：卫懿公喜欢鹤，让鹤坐大夫的车子，北狄入侵，国人皆曰：鹤实有禄位，让鹤去打仗吧，我们何必去呢！懿公战死，卫国遂亡。

〔8〕周公作《酒诰》：殷纣王酗酒，妹邦地方受其影响，好酒成为风气。殷亡，武王将此地封给康叔，周公作《酒诰》告诫他。

〔9〕卫武公作《抑戒》：春秋时，卫武公作《抑戒》以自儆。《抑》现存《诗经·大雅》，其中有两句说："颠覆厥德，荒湛于酒。"

〔10〕刘伶：字伯伦，曾为建威参军。阮籍：字嗣宗，曾为步兵校尉。他们都是西晋"竹林七贤"中人，因对当时政治不满，又恐遭受迫害，常以纵酒沉醉作掩饰，保全性命。

【译文】

宋神宗熙宁十年（1077）秋天，彭城一带爆发洪水，大水已淹至云龙山人张君所居住的草堂大门一半高的地方。第二年春天，洪水才退落而去，云龙山人即向东迁居至东山的山脚下。他登上高处眺望，寻得一处景致奇异的地方，就在上面建造了一座亭子。彭城周围的山势，山冈大岭四面围拢，隐约像一个大圆环，而惟独在西面有个缺口，山人的亭子就恰好建在这个缺口上。每年春、夏相交之际，山草树木，接天而生；秋、冬之时，清亮的月光，洁白的雪花，使得大地银装素裹，千里一色；而在刮风、下雨、天阴、天晴的日子里，其景色更是瞬息万变。山人有两只鹤，甚为驯服，又很会飞，每天清早，山人在亭上向西山缺口处放鹤，任凭仙鹤飞翔。仙鹤或站立在池塘边、田野上，或飞翔于层云之外，傍晚则向东山飞回。因此山人便给亭子起名为"放鹤亭"。

彭城郡守苏轼，时常带领幕僚宾客前去看望云龙山人，在这座亭子上随意饮酒，感到很快乐。苏轼斟了杯酒对山人说："您知道隐居的乐趣吗？即使如富有一国的皇帝，也是不能交换的。《易经》上说：'仙鹤在阴暗的地方鸣叫，雏鹤在旁边应和着。'《诗经》上说：'仙鹤在幽深的沼池鸣叫，它的声音传到了天上。'大概是因为仙鹤的性情清高旷远、悠闲安逸，好像超乎尘世之外，所以《易经》、《诗经》的作者把它比作有才有德的人。隐居的有德之士，与仙鹤亲近、嬉戏，应该是与性情有益而无损的，然而战国时卫懿公十分喜好鹤却丧失了自己的国家。周公作《酒诰》的文章，卫武公作引以自戒的诗篇《抑》，都认为荒废事业、惑乱性情、败坏祸乱国家的，没有比酒更厉害的，然而魏晋时的刘伶、阮籍等人，却因饮酒保全了名节，从而名传后世。唉！朝廷中的帝王，即使如性情清高旷远、悠闲安逸的鹤，也不能喜好，而喜好它们便丧失了国家。然而隐迹山林远离尘世的人，即使是像酒那样最能荒废事业、迷惑性情、败坏祸乱国家的东西，却不能对他们构成危害，更何况那性情美好的仙鹤呢？由此看来，朝廷上的帝王与山林中的隐士之间的快乐，是不能相提并论、同日而语的啊！"

山人高兴地笑着说："真有这样的道理吗！"于是我便作了放鹤、招鹤的歌，道："仙鹤从西山的缺口一飞而去，在高空中翱翔，向下寻视可供栖息的地方。翻身而下收起翅膀，仿佛将要栖止，不知看到了什么忽然又矫健地搧起翅膀一飞冲天。整天独自在涧溪、山谷间来往，嘴啄着青色的苔藓，足踩着洁白的山石。仙鹤归来啊，飞回东山的北面，那下边有个人啊，头戴着黄冠，足穿着草鞋，身披葛布衣在那里弹琴。他吃自己亲自耕种而收获的粮食，把剩余的喂给了仙鹤。仙鹤回来吧快回来吧，西山那个地方不能长久地停留。"

石 钟 山 记

【题解】

　　作者由于怀疑世人所传石钟山命名的原因，便亲自探访石钟山，经过实地调查而得出自己的结论。写作此文的目的主要还不在于将石钟山命名的真正原因告之于世，而在于批评"事不目见耳闻，而臆断其有无"的主观作风。虽然有人对苏轼关于石钟山命名原因的结论提出了异议（认为是因山形如覆盖之钟且中空），但文中阐明的道理却是富有启发意义的。石钟山，在今江西湖口。

【原文】

　　《水经》云：彭蠡之口，有石钟山焉〔1〕。郦元以为下临深潭，微风鼓浪，水石相搏，声如洪钟〔2〕。是说也，人常疑之。今以钟磬置水中，虽大风浪不能鸣也，而况石乎？至唐李渤，始访其遗踪，得双石于潭上，扣而聆之，南声函胡，北音清越，枹止响腾，余韵徐歇〔3〕。自以为得之矣。然是说也，余尤疑之。石之铿然有声者，所在皆是也，而此独以钟名，何哉？

　　元丰七年六月丁丑，余自齐安舟行适临汝〔4〕。而长子迈将赴饶之德兴尉，送之至湖口，因得观所谓石钟者〔5〕。寺僧使小童持斧，于乱石间择其一二扣之，硿硿然，余固笑则不信也。至其夜月明，独与迈乘小舟，至绝壁下。大石侧立千尺，如猛兽奇鬼，森然欲搏人。而山上栖鹘，闻人声亦惊起，磔磔云霄间。又有若老人欬且笑于山谷中者，或曰此鹳鹤也。余方心动欲还，而大声发于水上，噌吰如钟鼓不绝。舟人大恐。徐而察之，则山下皆石穴罅，不知其浅深，微波入焉，涵澹澎湃而为此也。舟回至两山间，将入港口，有大石当中流，可坐百人，空中而多窍，与风水相吞吐，有窾坎镗鞳之声，与向之噌吰者相应，如乐作焉。因笑谓迈曰："汝识之乎？噌吰者，周景王之无射也〔6〕，窾坎镗鞳者，魏献子之歌钟也〔7〕。古之人不余欺也！"

　　事不目见耳闻，而臆断其有无，可乎？郦元之所见闻，殆与余同，而言之不详；士大夫终不肯以小舟夜泊绝壁之下，故莫能知；而渔工水师，虽知而不能言。此世所以不传也。而陋者乃以斧斤考击而求之，自以为得其实。余是以记之，盖叹郦元之简，而笑李渤之陋也。

【注释】

　〔1〕《水经》：我国古代专记江河水道的地理书，相传为汉代桑钦或晋代郭璞所著。据清代学者考证，作者约为三国时人，其详已不可知。彭蠡：湖名，即今鄱阳湖。

〔2〕郦元：即郦道元（？—527），北魏范阳（今河北涿州）人，字善长，曾任御史中尉、关石大使，博览群书，遍游各地，著有《水经注》四十卷，注文二十倍于原书，为我国古代地理学名著之一。

〔3〕李渤：字浚之，唐代洛阳人，宪宗元和年间任江州（江西九江）刺史，通过寻访，作《辩石钟山记》，认为石钟山是因"奇石"而得名。

〔4〕余自齐安舟行适临汝：苏轼于元丰三年（1080）贬官黄州（湖北黄冈）团练使，至七年（1084）奉神宗手札移汝州（河南临汝）。遂从齐安（即黄州）沿江而下，于元丰七年（1084）六月丁丑（初九日），经过湖口。

〔5〕迈：苏轼长子名迈，字伯达，这时将去饶州（江西鄱阳）担任德兴（当时属饶州，今属江西省）县尉。

〔6〕周景王：东周时天子，前544—前520在位，曾铸钟名"无射"。

〔7〕魏献子：春秋时晋国大夫，名绛，因有功，晋悼公赐给他歌钟（编钟）一套（计十六件）。

【译文】

《水经》上说："彭蠡湖的出口，有一座石钟山。"郦道元给它所作的注释中认为，石钟山的下面是一个很深的水潭，微风吹动湖面掀起波浪，水与石相撞击，发出的声音像大钟一样洪亮。这种说法，人们常常怀疑它。现在把钟磬一类的器物放在水中，即使是大风大浪也不能使它发出声响，更何况是座石山呢！至唐代时，有个叫李渤的人，才探寻到它的遗迹，并在深潭的两边选了两块石头，用鼓槌敲打而仔细地听，结果潭南的石头声音低沉而模糊，潭北的石头声音清亮而激越。鼓槌停止敲击后，石头发出的余音很长时间才停息。他便自认为得到了石钟山得名的原因。但这种说法，我更为怀疑，敲打石头发出的铿锵之声，到哪个地方都是一样的，惟独此处却用"钟"来命名，这是什么原因呢？

宋神宗元丰七年（1084）六月初九，我从齐安（即黄州，治所在今湖北黄冈县）乘船到临汝（即汝州，治所在今河南临汝县），而我的大儿子苏迈也要去饶州（治所在今江西鄱阳县）的德兴（今属江西省）县任县尉。我送他去湖口，因此有机会到了传说中的石钟山。寺庙里的和尚派一个小童拿了斧头，在湖边的乱石丛中选着敲击了一两处，结果发出了"硿硿"的声音，我只是笑了笑，并不认为它正确。到晚上月亮明亮的时候，我单独与长子苏迈乘坐小船来到湖中的绝壁之下，山石耸立岸边，有千尺之高，犹如凶猛的野兽、奇异的鬼怪，阴冷可怕地想扑击人似的；而山上栖息的鹘鸟，听到人声也忽地惊飞起来，在云霄间"磔磔"地鸣叫；又像老人在山谷中边咳边笑的声音，有人说："这就是所说的鹳鹤鸟。"

正在我心惊肉跳而想返回之际，忽然听到水上发出一种很大的声响，轰轰隆隆地像不断敲击钟鼓而发出的声音一样，船夫很是惊怕。我慢慢地观察它，才发现山下都是石头形成的洞穴和缝隙，难以探得它的深浅。微小的波浪进入其中，流转激荡而发出这种声音。把船绕至两山之间，将要进入港口的时候，忽见一块大石头挡立在水中间，上边可坐百人左右，大石的里面是空的，并有许多洞眼，微风波浪冲进其中又击荡返回，发出窾坎镗鞳的声响，与刚才的轰轰隆隆的钟鼓声相呼应，犹如演奏乐器一般。弄清了这个原因，我因此笑着对苏迈说："你知道了吗？轰隆的声音，就像是周景王的无射（yì）钟发出的；窾坎镗鞳的声音，像是魏庄子的歌钟发出的。古人给山起名钟山，并没有欺骗我们啊。"

　　事情没有经过自己的眼睛所见、耳朵所闻就凭空判断其是否存在，这可以吗？郦道元的所见所闻和我大致相同，但他说得并不详尽；一般士大夫到底不会乘小船夜间停在绝壁之下，所以也不会知道其中的详情；而一般渔夫船工虽然知道详情却用话难以准确地表达出来，这就是石钟山得名的真相没有在世间流传的原因。而见识鄙陋的人却用斧头之类的器械敲击石头探求它，自认为得到了真实情况。因此我写文章把这件事记下来，为的是叹惜郦道元记录的简略，讥笑李渤见识的浅薄啊。

前赤壁赋

【题解】

　　宋神宗元丰二年（1079），苏轼被贬为黄州（在今湖北黄冈）团练副使。在黄州期间，曾两次游览城外的赤壁，并写下了《前赤壁赋》和《后赤壁赋》。他所游赤壁，并非三国时魏吴大战时的赤壁。作者却假托为与曹操相关，在借景抒怀的同时，借凭吊古人的兴亡而抒发关于人生的感叹。作者以主客问答的形式，其实无论主还是客，所言均是苏轼的内心感慨。一方面，他感叹人生短暂，变动无常，现实苦闷；但另一方面，作者最终从苦闷中摆脱出来，阐发了变与不变的哲理，表现了一种旷达乐观的人生态度。

【原文】

　　　　壬戌之秋[1]，七月既望，苏子与客泛舟游于赤壁之下。清风徐来，水波不兴。举酒属客，诵《明月》之诗，歌《窈窕》之章[2]。少焉，月出于东山之上，徘徊于斗牛之间。白露横江，水光接天。纵一苇之所如，凌万顷之茫然。浩浩乎如冯虚御风，而不知其所止；飘飘乎如遗世独立，羽化而登仙。

于是饮酒乐甚，扣舷而歌之。歌曰："桂棹兮兰桨，击空明兮溯流光。渺渺兮予怀，望美人兮天一方。"客有吹洞箫者，依歌而和之。其声呜呜然，如怨如慕，如泣如诉，馀音袅袅，不绝如缕。舞幽壑之潜蛟，泣孤舟之嫠妇。

苏子愀然，正襟危坐而问客曰："何为其然也？"客曰："'月明星稀，乌鹊南飞'，此非曹孟德之诗乎[3]？西望夏口，东望武昌，山川相缪，郁乎苍苍，此非孟德之困于周郎者乎[4]？方其破荆州，下江陵，顺流而东也[5]，舳舻千里，旌旗蔽空，酾酒临江，横槊赋诗，固一世之雄也，而今安在哉？况吾与子渔樵于江渚之上，侣鱼虾而友麋鹿，驾一叶之扁舟，举匏樽以相属，寄蜉蝣于天地，渺沧海之一粟。哀吾生之须臾，羡长江之无穷。挟飞仙以遨游，抱明月而长终。知不可乎骤得，托遗响于悲风。"

苏子曰："客亦知夫水与月乎？逝者如斯，而未尝往也；盈虚者如彼，而卒莫消长也。盖将自其变者而观之，则天地曾不能以一瞬；自其不变者而观之，则物与我皆无尽也，而又何羡乎？且夫天地之间，物各有主。苟非吾之所有，虽一毫而莫取。惟江上之清风，与山间之明月，耳得之而为声，目遇之而成色，取之无禁，用之不竭，是造物者之无尽藏也，而吾与子之所共适。"

客喜而笑，洗盏更酌。肴核既尽，杯盘狼藉。相与枕藉乎舟中，不知东方之既白。

【注释】

〔1〕壬戌：古代历法以干支纪年，宋神宗时的壬戌年为元丰五年，即公元1082年。

〔2〕《明月》之诗：指曹操《短歌行》，因其中有"明明如月"、"月明星稀"等句。《窈窕》之章：指《诗经·关雎》，因其中有"窈窕淑女，君子好逑"等句。或说实指《诗经·月出》篇，因其有"舒窈纠兮"句；窈纠即窈窕。

〔3〕"月明星稀，乌鹊南飞"：为曹孟德（操）的《短歌行》中的名句。

〔4〕夏口：汉水入长江处，古称夏口，又称汉口。武昌：今湖北鄂州。三国时，孙权曾迁都于此。周郎：孙权的将领，任中郎将时年仅二十四，人称周郎。

〔5〕破荆州，下江陵：建安十三年（208），曹操率大军南攻荆州（治所在今湖北襄阳），刘琮投降，又打败刘备，进军江陵（今属湖北）。

【译文】

宋神宗元丰五年（1082）的秋天，农历七月十六日，我与客人划着小船，在赤壁之下游览。这时，清爽的凉风缓缓吹来，江面上水波平静。我举起酒杯向客人劝酒，朗颂《明月》的诗歌，唱起《窈窕》的篇章。过了一会儿，月亮从东边山上升起，在斗宿和牛宿之间徘徊不定。白蒙蒙的水气笼罩江面，江水的白光与天上的月光相连接。我们放纵小船，任凭它漂来漂去，行驶在茫茫无边的江面。江面多么宽阔，浩浩荡荡如同凌空驾风一样，而不知道船儿漂到了什么地方；轻飘飘地如同远离尘世，了无牵挂，变化飞升而登上了神仙的境界。

于是，大家欢畅地喝着酒，我不由得敲着船舷唱起歌来。歌词说："桂木做的船棹啊兰木做的船桨，划开清亮的江水啊迎着江面上浮动的月光。我的心思悠悠怀远啊，盼望的美人远在天的另一方。"客人中有个善吹洞箫的人，依着我的歌声而吹箫相和。箫声呜呜地响着，像是怨恨着什么，又像企盼着什么，像是在哭泣又像是在诉说，箫声停止了而余音仍在悠扬回荡，很长时间不能断绝，犹如用丝缕相连。箫声使得幽居水底的蛟龙跳起舞来，又使得独守空船的寡妇饮泣流泪。

我顿时改变了脸色，整理好衣服，端坐着问客人道："箫声为什么如此悲凉呢？"客人回答说："'月明星稀，乌鹊南飞'，这不是曹孟德（曹操字孟德）《短歌行》里的诗句吗？向西望去是夏口，向东望去是武昌，山水在这中间相互环绕，而草木茂盛，一片苍茫，这不是曹孟德被周瑜围困的地方吗？当时曹操刚刚攻破了刘表据有的荆州，又攻下江陵，顺江流向东而进的时候，战船首尾相连，浩浩荡荡，有千里之长，军中的旗帜遮蔽了天空。他面对大江端起酒杯，横握长矛赋下新诗，确实称得上是一代英豪，但是现在又在哪里呢？况且我与您在江边捕鱼打柴，以鱼虾为伴侣，以麋鹿为朋友，驾起一只小船，举起酒杯互相祝福。就像一生短暂的蜉蝣寄生于不生不灭的天地间一样，渺小得像大海里的一粒粮食；哀叹人生的短促，美慕长江的无穷无尽；希望与天上的神仙一块遨游，怀抱明月而永世长存。知道这些都不可能忽然得到，只有把洞箫的余音吹进这悲凉的秋风。"

我不由自主地对客人说："您也知道那江水和明月的妙处吗？江水是如此滔滔不绝向东而去，但对长江本身而言却不曾流去啊；月亮有圆时有缺时，但对月亮本身而言却不曾增大或消减。所以说从事物变化的角度去看的话，那么天地间的一切就连一眨眼的时间都不曾保持过原貌；从事物不变的角度去看的话，则事物连同我们自己都是无穷无尽的，又有什么值得美慕的呢？再说天地之间的东西，都有它们各自的主人，倘若不是我所有的，即使一丝一毫也不会去取。只有这江面上清爽的凉风，与那山间皎洁的月光，耳朵听至就有了声音，眼睛看见就有了颜色，取它没有人会禁止，消用它不会穷尽，这是造物所赐予的无尽宝藏啊，而成为我与您共同享受的东西。"

客人高兴得笑了起来，于是洗了酒盏重新斟酒。菜肴和果品已经吃完，杯子、盘子也杂乱地放在一边。我与客人互相枕靠着挤在船中睡着了，不知不觉间东方已经放出了天亮的白光。

后 赤 壁 赋

【题解】

在第一次游赤壁后不久，苏轼再游赤壁，并写下《赤壁赋》的姐妹篇。本篇以记游为序，描写了冬夜赤壁的景色。不仅与前赋所写的景物特色不同，而且所表达的思想感情亦有异。前赋所写景物安谧幽静，本篇写赤壁之景寂寥幽深的同时，更多地还有一种惊险迷离。作者正是借此恍惚之境界，来衬托自己悲伤的情怀。文章最后道士化鹤的幻觉，更是给全文笼上一层飘渺的气氛，带上了更浓重的消极处世情调和不可琢磨人世的虚无色彩。

【原文】

是岁十月之望[1]，步自雪堂[2]，将归于临皋[3]。二客从予，过黄泥之坂[4]。霜露既降，木叶尽脱。人影在地，仰见明月。顾而乐之，行歌相答。已而叹曰："有客无酒，有酒无肴。月白风清，如此良夜何？"客曰："今者薄暮，举网得鱼，巨口细鳞，状如松江之鲈〔5〕，顾安所得酒乎？"归而谋诸妇，妇曰："我有斗酒，藏之久矣，以待子不时之需。"

于是携酒与鱼，复游于赤壁之下。江流有声，断岸千尺，山高月小，水落石出。曾日月之几何，而江山不可复识矣！予乃摄衣而上，履巉岩，披蒙茸，踞虎豹，登虬龙，攀栖鹘之危巢〔6〕，俯冯夷之幽宫〔7〕。盖二客不能从焉。划然长啸，草木震动，山鸣谷应，风起水涌。予亦悄然而悲，肃然而恐，凛乎其不可留也。反而登舟，放乎中流，听其所止而休焉。

时夜将半，四顾寂寥。适有孤鹤，横江东来。翅如车轮，玄裳缟衣，戛然长鸣，掠予舟而西也。

须臾客去，予亦就睡。梦一道士，羽衣蹁跹，过临皋之下，揖予而言曰："赤壁之游乐乎？"问其姓名，俯而不答。"呜呼噫嘻！我知之矣。畴昔之夜，飞鸣而过我者，非子也耶？"道士顾笑，予亦惊寤。开户视之，不见其处。

【注释】

〔1〕苏轼初游赤壁在元丰五年（1082）七月，作《前赤壁赋》。本文（《后赤壁赋》）首称"是岁"，亦当是元丰五年。

〔2〕雪堂：苏轼贬官黄州时所建的住宅，在今湖北黄冈东，堂在大雪中建成，四壁皆绘雪景，因以名堂。

〔3〕临皋：在今湖北黄冈南，长江边上。苏轼初到黄州时寓属的地方。

〔4〕黄泥坂：黄冈东面的山坡名，又称东坡，苏轼在此建雪堂，自号东坡居士。

〔5〕松江之鲈：松江，在今苏州东南，首受太湖水，流经上海入海。所产鲈鱼，以四鳃著名，肉白如雪，味异他处。曹操宴客，曾以缺少鲈鱼为憾。晋时张翰借口思食鲈鱼归隐。

〔6〕栖鹘：据《东坡志林·赤壁洞穴》："断崖壁立，江水深碧，二鹘巢其上。"

〔7〕冯夷：据《史记·西门豹传》注："河伯，华阴潼乡人，姓冯氏，名夷，浴于河中而溺死，遂为河伯也。"

【译文】

这一年（即上篇所说的壬戌年）的十月十五日，我从雪堂（作者所筑堂名，在黄州赤壁之东坡）步行出发，准备回临皋亭（作者在黄州寓居之处，在长江边）。有两位客人跟着我，一起走过黄泥坂。这时，霜露已经降过，树木的叶子全部脱落。人的影子映在地上，抬头望见那当头的明月。大家看到这种景色，都很快乐，不由得边行走边吟诗，互相酬答。过了一会儿，我叹息道："有客人却没有酒，有酒却没有菜肴。面对明月高悬、微风清爽的美好夜晚，怎么度过好呢？"客人说："今天傍晚，我刚用网捕了一些鱼，宽嘴巴，细鳞片，就像吴淞江的鲈鱼一样。但是从哪里能弄到酒呢？"回家后与妻子商量，妻子说："我有一斗好酒，藏了很长时间，以满足您一时的需要。"

于是，我们就带着酒，拿了鱼，再一次划小船到赤壁之下游览。长江的流水发出阵阵响声，岸边的绝壁耸立千尺。抬头而望，四周的山显得又高又大，而明亮的月亮则显得很小；江流在秋天水位低落，原来淹在水中的礁石则显露了出来。距上次游览才相隔几天，可江景山色却变得认不出来了。我便撩起衣服离开舟船，向岸上而来，攀上险而高的山岸，分开丛生的杂草，蹲在像虎豹形状的怪石上休息一会，又拉着像虬龙一样的藤条，攀上鹘鸟（一种凶猛的鸟）做巢栖息的悬崖，俯视水神冯夷的神宫。这些都是两位客人不能随我一块玩赏的。站在高处，我划地一声仰天长啸，周围的草木为之震撼，山谷中激荡着我的回声，随之风刮了起来，水也泛起了波浪。我也不由自主地忧伤悲哀，感到肃然恐惧，而不敢再停留了。返而登上小船，划至江中，任它漂流在什么地方就在什么地方歇息。

当时将到夜半，向四周望望，觉得一片清冷寂静。正在此时，有一只鹤从东边顺着江面横飞而来，翅膀有车轮那般大，尾部的黑羽毛就像穿着黑色的裙子，身上的白羽毛就像穿着白色的衣衫，嘎嘎地鸣叫着，掠过我们的小船向西飞走了。

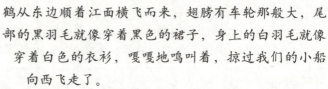

不一会儿客人走了，我也回家睡觉。梦中见一道士，穿着羽衣，似飞似舞地来到临皋亭中，向我拱拱手说："赤壁之游很快乐吧？"问他的姓名，他低

唐宋八大家散文

着头不予回答。"噢，哎呀！我知道了！昨天晚上，鸣叫着从我身边飞过去的，不就是你吗？"道士回头笑笑，我也惊醒过来。推开门一看，却没有了他的踪影。

方 山 子 传

【题解】

方山子，苏轼的老朋友陈慥（zào），字季常，宋代永嘉（今浙江永嘉县）人。仁宗嘉祐七年，其父陈希亮为凤翔知府时，苏轼为凤翔判官，与陈季常结为好友。作者为老朋友方山子作传，极概括性地写了他少年慕游侠，壮年折节读书而不遇，晚年归隐，突出其不慕荣利，舍弃功名而甘愿隐遁贫贱的品格。写得形象鲜明，光彩照人。本文写于苏轼因"乌台诗案"而贬至黄州时，心情难免郁闷。方山子归隐是由于"不遇"，这一点正与作者仕途不顺相通。

【原文】

方山子[1]，光、黄间隐人也[2]。少时慕朱家、郭解为人，闾里之侠皆宗之[3]。稍壮，折节读书，欲以此驰骋当世，然终不遇。晚乃遁于光、黄间，曰岐亭[4]。庵居蔬食，不与世相闻；弃车马，毁冠服，徒步往来，山中人莫识也。见其所著帽，方耸而高，曰："此岂古方山冠之遗像乎[5]？"因谓之方山子。

余谪居于黄，过岐亭，适见焉[6]。曰："呜呼！此吾故人陈慥季常也，何为而在此？"方山子亦矍然，问余所以至此者。余告之故。俯而不答，仰而笑，呼余宿其家。环堵萧然，而妻子奴婢，皆有自得之意。

余既耸然异之。独念方山子少时，使酒好剑，用财如粪土。前十九年，余在岐山[7]，见方山子从两骑，挟二矢，游西山。鹊起于前，使骑逐而射之，不获；方山子怒马独出，一发得之。因与余马上论用兵及古今成败，自谓一时豪士。今几日耳，精悍之色，犹见于眉间，而岂山中之人哉？

然方山子世有勋阀，当得官〔8〕，使从事于其间，今已显闻。而其家在洛阳〔9〕，园宅壮丽，与公侯等；河北有田〔10〕，岁得帛千匹，亦足以富乐。皆弃不取，独来穷山中，此岂无得而然哉？

　　余闻光、黄间多异人，往往佯狂垢污，不可得而见。方山子傥见之欤？

【注释】

〔1〕方山子：姓陈名慥，字季常。为太常少卿陈希亮之子。

〔2〕光：光州，治所在今河南潢川县。黄：黄州，治所在今湖北黄冈。

〔3〕朱家：西汉时游侠，鲁（山东曲阜）人，喜为人解救急难。郭解：亦西汉游侠，轵（河南济源）人，以德报怨，救人性命而不居功。

〔4〕岐亭：宋时镇名，在今湖北麻城西南。

〔5〕方山冠：汉代乐师所戴的帽子，前高后低，以五色绉纱制作，唐宋时之隐士常喜戴之。

〔6〕苏轼《岐亭五首引》："元丰三年（1081）正月，余始谪黄州，至岐亭北二十五里，山上有白马青盖来迎者，则余故人陈慥季常也。凡余在黄四年，三往见季常，季常七来见余，盖相从百余日也。七年（1085）四月，余量移汝州，季常独送至九江。"

〔7〕岐山：在陕西岐山县。宋属凤翔府。苏轼在嘉祐七年（1062）任凤翔府判官。当时陈慥的父亲陈希亮任知府。从那时到苏轼谪黄州为十九年。

〔8〕世有勋阀：陈慥的父亲陈希亮（字公弼），官至太常少卿，卒赠工部侍郎。苏轼在《陈公弼传》中说："当荫补子弟，辄先其族人，卒不及其子慥。"

〔9〕洛阳：北宋时的西京。陈希亮任太常少卿时，分管西京的工作，故在洛阳有住宅。

〔10〕河北：指黄河的北岸。不是今天的河北省。

【译文】

　　方山子，是光州、黄州一带的隐士。年少时他仰慕西汉时的游侠朱家、郭解的为人，乡里讲侠义的人都尊重推崇他。年纪稍大之后，改变以前的志向，转而潜心读书，想通过这条途径在当世干一番事业，但终究没有遇到机会。晚年便隐居于光州、黄州一带名叫岐亭的镇上。住着茅草搭成的窝棚，吃着清淡的蔬菜，不过问社会上的事情。丢弃原有的车子马匹，毁掉原来的衣服和帽子，平日在山中总是徒步往来，没有人认识他。因看到他所戴的帽子，方方正正地耸起好高，便说："这莫不是古代方山冠的老样式吧！"因此就称他为方山子。

我被贬谪到黄州任黄州监税，路过岐亭镇，正巧碰上他。我惊奇地说："哎呀，这不是我的老朋友陈慥（字季常）吗？怎么会在这个地方呢？"方山子也吃惊地问我为什么到了这里。我把缘故告诉了他。他低头没有回答，又仰头大笑起来。招呼我住在他家，只见他家四壁空空，显得寂寞冷落，但他的妻子儿女和奴婢都有自得其乐的神态。

我既已惊奇他变到今天这个样子，又想到了他年少时，放情饮酒，喜好刀剑，挥钱如土的情形。十九年前，我在岐山做官，曾看到方山子带领两个骑马的人，背着两副弓箭游猎于西山。见有鸟鹊在前边惊飞而起，便让另两人追逐而用箭去射，结果没有射中。方山子驱马奔驰单独出击，一箭就射了下来。于是与我在马上谈论用兵之术以及古往今来成功与失败的道理，自认为是当代的豪杰之士。离现在没有多少日子，而且精明强悍的神色，还显露在眉宇之间，这难道能是山间隐居的人吗？

方山子家中世代建有功勋，按理他也可受到荫庇而做官。倘若让他走这条路子，恐怕到现在已经有地位有声望了。并且他的家在洛阳，府第园林宏伟华丽，与公侯家一样。在黄河北岸还有田产，每年可得丝帛千匹之多，也足可享受富贵之乐了。可是他把这些都放弃了，却偏偏来到这穷困的山乡之中，难道没有什么收获他会这样做吗？

我听说光州、黄州一带多有异人隐居，往往佯装疯狂而弄脏自己，使世人不能看到他们的真实面目，恐怕方山子见过他们吧！

记承天寺夜游

【题解】

这篇游记，仅有八十四字，寥寥几笔，就点染出一个明净幽静的夜景，传达出一种恬淡自适的心境。月色如水，上下空明，幽人漫步，竹柏弄影，宛如一幅用淡墨挥洒的月夜游人图。天上有明月，庭中有竹柏，身边有知己，作者把自己政治失意后的孤高情怀寄托其中，情与景如水乳交融，实难分辨。他的情怀也象天光月影一般，表里澄澈，纤尘不染，无忧无虑，潇洒自如。此情此景，岂是嚣嚣官场可与相比？

【原文】

元丰六年十月十二日夜[1]，解衣欲睡，月色入户，欣然起行。念无与为乐者，遂至承天寺寻张怀民[2]。怀民亦未寝，相与步于中庭[3]。

庭下如积水空明，水中藻、荇交横[4]，——盖竹柏影也。

何夜无月，何处无竹柏？但少闲人如吾两人耳[5]。

【注释】

〔1〕元丰六年：1083年，元丰，宋神宗赵顼年号。元丰二年，苏轼被贬为黄州（今湖北黄冈）团练副使，至此已四年。

〔2〕承天寺：故址在今湖北黄冈南。张怀民：又名张梦得，清河（今河北清河县）人。元丰六年，张怀民被贬黄州，初到时寓居承天寺。

〔3〕中庭：即庭中，院子里，与下文"庭下"义同。

〔4〕藻（zǎo）：水藻。荇（xìng）：荇菜。藻、荇，均为水生植物，根生水底，枝叶浮于水面。

〔5〕闲人：苏轼与张怀民均为贬官，只有虚衔而无实权，故自称"闲人"。

【译文】

元丰六年十月十二日夜里，我脱了衣服正要睡觉，忽然看见月光透进门窗，睡意全消，便高兴地起身走出来。想到没有一个同我共享这月夜乐趣的人，就到承天寺去找张怀民。正好怀民也没睡，我们就一同在寺院里散起步来。

院子里像贮满了水一样，澄澈透明，水里面的藻、荇枝叶，纵横交错，——原来是竹子和柏树的影子。

哪儿的夜里没有月亮？哪个地方没有竹子和柏树？只是少有像我和怀民这样清闲的人罢了。

苏　辙

苏辙（1039—1112），宋代著名文学家。眉州眉山（今属四川）人。字子由，一字同叔，晚年号颍滨遗老。苏洵次子。与兄苏轼同为仁宗嘉祐二年（1057）进士。授商州军事推官。神宗熙宁二年（1069）实行变法，为三司条例司检详文字，力陈青苗法不可行，出为河南府留守推官。历陈州教授、齐州掌书记、著作佐郎、签书南京判官。元丰二年因苏轼以诗得罪，坐谪监筠州盐酒税。哲宗元祐初，司马光等先后执政，召为秘书省校书郎，改右司谏，历中书舍人、翰林学士、御史中丞等。官至尚书右丞、门下侍郎。绍圣元年（1091）哲宗新政，章惇为相，恢复新法。辙落职知汝州。后责授化州别驾、雷州安置。徽宗时，提举宫观，致仕。政和二年卒。擅为文，汪洋淡泊，有秀杰之气。与父苏洵、兄苏轼并称"三苏。"

六　国　论

【题解】

六国，指战国时韩、赵、魏、齐、楚、燕六国。作者分析了六国先后被秦灭亡的历史，指出六国诸侯眼光短浅，胸无韬略，不能联合一致，共同对敌，以致先后灭亡。此文可与苏洵的《六国论》并读，二者都是总结六国灭亡的历史教训，洵文着眼于政治形势，批评苟安的国策；辙文着眼于战略形式，批评六国没有战略眼光，不能联合抗敌，却互相残杀。

【原文】

尝读六国世家，窃怪天下之诸侯，以五倍之地，十倍之众，发愤西向，以攻山西千里之秦[1]，而不免于灭亡。常为之深思远虑，以为必有可以自安之计；盖未尝不咎其当时之士，虑患之疏，而见利之浅，且不知天下之势也。

夫秦之所与诸侯争天下者，不在齐、楚、燕、赵也，而在韩、魏之郊[2]；诸侯之所与秦争天下者，不在齐、楚、燕、赵也，而在韩、魏之野。秦之有韩、魏，譬如人之有腹心之疾也。韩、魏塞秦之冲，而蔽山东之诸侯[3]，故夫天下之所重者，莫如韩、魏也。

昔者范雎用于秦而收韩[4]，商鞅用于秦而收魏[5]。昭王未得韩、魏之心，而出兵以攻齐之刚、寿，而范雎以为忧，然则秦之所忌者可见矣[6]。秦之用兵于燕、赵，秦之危事也。越韩过魏，而攻人之国都，燕、赵拒之于前，而韩、魏乘之于后，此危道也[7]。而秦之攻燕、赵，未尝有韩、魏之忧，则韩、魏之附秦故也。夫韩、魏，诸侯之障，而使秦人得出入于其间，此岂知天下之势耶？委区区之韩、魏，以当强虎狼之秦，彼安得不折而入于秦哉？韩、魏折而入于秦，然后秦人得通其兵于东诸侯，而使天下遍受其祸。

夫韩、魏不能独当秦，而天下之诸侯，藉之以蔽其西，故莫如厚韩亲魏以摈秦。秦人不敢逾韩、魏以窥齐、楚、燕、赵之国，而齐、楚、燕、赵之国，因得以自完于其间矣。以四无事之国，佐当寇之韩、魏，使韩、魏无东顾之忧，而为天下出身以当秦兵。以二国委秦，而四国休息于内，以阴助其急。若此，可以应夫无穷，彼秦者将何为哉？不知出此，而乃贪疆场尺寸之利，背盟败约，以自相屠灭。秦兵未出，而天下诸侯已自困矣。至于秦人得伺其隙，以取其国，可不悲哉？

【注释】

〔1〕山西千里之秦：山西指崤山（河南洛宁西北）以西，秦国处于这一地区。

〔2〕齐：辖今山东大部及河北东南部，建都临淄（山东淄博）。楚：据有湖北、湖南、安徽、江苏、浙江及河南大部、山东西南部，开始时都城在郢（湖北江陵），后迁于陈（河南淮阳），再迁寿春（安徽寿县）。燕：辖河北北部及辽宁西南部，建都于蓟（北京）。赵：辖山西中部、北部及河北西部，始都晋阳（山西太原），后迁邯郸（今属河北）。以上四国皆远离秦国，不与它接壤。韩：辖有山西东南部及河南中部，始都阳翟（河南禹县），后迁新郑（河南郑州），处于秦楚两强之间，东与魏国相连，为军事上必争之地。魏：西达山陕交界的黄河，与秦国接

壤；东北至河北定县，与赵、齐为邻；南至河南开封，与韩、楚连界；始都安邑（山西夏县），后迁大梁（河南开封）。地理位置也很重要。

〔3〕山东：崤山以东。

〔4〕范雎用于秦：据《史记·范雎传》记载，范雎对秦昭王说："今夫韩魏，中国之处，而天下之枢也。王其欲霸，必亲中国以为天下枢。"要昭王亲魏收韩。

〔5〕商鞅用于秦：据《史记·商君列传》记载，商鞅劝秦孝公出兵伐魏，"魏不支秦必东徙，东徙，秦据河山之固，东向以制诸侯，此帝王之业也。"后来终于使魏割河西之地与秦讲和。

〔6〕昭王攻刚、寿：秦昭王三十六年（前271）派兵攻齐，攻打刚寿（山东东平西南）。据《史记·范雎传》：他对秦昭王说："越韩魏而攻齐刚寿，非计也。今见与国之不亲也，越人之国而攻可乎？其于计疏矣。王不如远交而近攻，得寸则王之寸也，得尺亦王之尺也。今释此而远攻，不亦缪乎？"

〔7〕危道：据《史记·高祖本纪》："沛公略南阳，南阳守保城，沛公引兵过而西。张良谏曰：沛公虽欲急入关，秦岳尚众拒险，今不下宛，宛从后击，强秦在前。此危道也。"

【译文】

我曾经读《史记》齐、楚、燕、韩、赵、魏六国的世家，私下奇怪这些各霸天下一方的诸侯以五倍于敌的地域，十倍于敌的军民，奋发向西而进，去攻击崤山之西不过千里之大的秦国，却没能免于灭亡的命运。我常常为他们深刻地考虑，认为他们一定会找到一条能保全自己的计策。因此不得不责备当时的谋士们防备祸患之策的疏漏，目光看不到长远利益，并且不了解天下的大势。

秦国和诸侯们争夺天下的要害之地，不是在齐国、楚国、燕国和赵国之内，而是在韩国、魏国的郊外；诸侯各国与秦国争夺的关键之地不是在齐国、楚国、燕国、赵国之内，而同样是在韩国、魏国的郊野。秦国对于韩国、魏国的存在，就像人患有腹心的疾病一样。韩国、魏国堵塞着秦国东进的要道，而遮蔽着崤山之东的各诸侯国；所以天下最重要的战略位置，没有比得过韩国、魏国的。

当时范雎被秦国任用就主张收服韩国。商鞅被秦国任用就主张收服魏国。秦昭王没有得到韩国、魏国的真心降服，就出兵攻打齐国的刚（在今山东兖州附近）、寿（在今山东东平县北）之地，范雎因此很是担心。因此，秦国所忌讳的就很明白地看出来了。秦国对燕国、赵国用兵，对秦国来说就是很危险的事了。跨越韩国、魏国而攻击他的都城，那么燕国、赵国在前边抗拒，韩国、魏国乘机在后面偷袭，这就很危险了。但秦国攻击燕国、赵国，却不曾对韩国、魏国的存在感到担忧，这是因为韩国、魏国依附于秦国的缘故。韩国、魏国作为诸侯各国的屏障而秦国能在其中进进出出，这难道说那些谋士了解了天下的大势吗？把小小的韩国、魏国推出去，以抵御强暴如虎狼一般的秦国，那韩国、魏国怎么能不回头投入秦国的怀抱呢？韩国、魏国依附了秦国。于是秦国便能派兵通过其地而向东进攻诸侯各国，从而使整个天下的诸侯国遭受到被秦国灭亡的祸害。

韩国、魏国不能独自抵挡秦国，而天下各诸侯国可以凭借韩国、魏国而挡住秦国向西进攻的道路，因此，还不如亲近厚待韩国和魏国以抵挡秦国。秦国既然不敢轻易越过韩国、魏国以谋取齐国、楚国、燕国和赵国，那么，齐国、楚国、燕国和赵国，便可以因此保全自身了。凭着四个没有战事的国家，帮助面对强敌的韩国和魏国，使韩国、魏国没有来自东面的后顾之忧，而为天下各诸侯国的安全去抵挡秦兵。用韩国、魏国对付秦国，而其他四个国家在内部休养生息，并在暗中帮助韩国、魏国的危急，这样的话，便可以对付一切变故，那强大的秦国还能有什么作为呢？不知道出此计策，却贪图边土上的尺寸小利，违背誓言破坏协约，而自相残杀。秦兵还没有出击，而天下的诸侯国已把自己搞得困顿不堪了。因此使秦国能乘机攻取他们的国家，这能不令人悲叹吗？

上枢密韩太尉书

【题解】

这是苏辙为求见枢密使韩琦而呈上的一封书信。本意为求见，立意却巧妙，先从作文养气说到游历名山大川，再从名山大川的壮观说到晋见欧阳修，又由欧阳修再说到愿见韩太尉，既表达对韩的敬仰，又显得自然妥贴，不低声下气。

文中提出"文者气之所形"的观点，认为作者应从游览山川、扩大交游、开拓见闻中培养提高自己的精神气质，是有可借鉴之处的。

【原文】

太尉执事：辙生好为文，思之至深。以为文者气之所形，然文不可以学而能，气可以养而致。孟子曰："我善养吾浩然之气[1]。"今观其文章，宽厚宏博，充乎天地之间，称其气之小大。太史公行天下，周览四海名山大川，与燕、赵间豪俊交游，故其文疏荡，颇有奇气〔2〕。此二子者，岂尝执笔学为如此之文哉？其气充乎其中而溢乎其貌，动乎其言而见乎其文，而不自知也。

辙生年十有九矣。其居家所与游者，不过其邻里乡党之人。所见不过数百里之间，无高山大野，可登览以自广。百氏之书，虽无所不读，然皆古人之陈迹，不足以激发其志气。恐遂汩没，故决然舍去，求天下奇闻壮观，以知天地之广大。过秦、汉之故都，恣观终南、嵩、华之高；北顾黄河之奔流，慨然想见古之豪杰。至京师，仰观天子宫阙之壮，与仓廪府库城池苑囿之富且大也，而后知天下之巨丽〔3〕。见翰林欧阳公，听其议论之宏辩，观其容貌之秀伟，与其门人贤士大夫游，而后知天下之文章聚乎此也〔4〕。太尉以才略冠天下，天下之所恃以无忧，四夷之所惮以不敢发，入则周公、召公〔5〕，出则方叔、召虎〔6〕，而辙也未之见焉。

且夫人之学也，不志其大，虽多而何为？辙之来也，于山见终南、嵩、华之高，于水见黄河之大且深，于人见欧阳公，而犹以为未见太尉也。故愿得观贤人之光耀，闻一言以自壮，然后可以尽天下之大观而无憾者矣。

辙年少，未能通习吏事。向之来，非有取于斗升之禄，偶然得之，非其所乐。然幸得赐归待选〔7〕，使得优游数年之间，将以益治其文，且学为政。太尉苟以为可教而辱教之，又幸矣。

【注释】

〔1〕孟子：名轲，战国时邹（山东邹县）人，为孔子儒家学说的继承人，善养博大刚正的浩然正气，语出《孟子·公孙丑上》。

〔2〕太史公：指司马迁。

〔3〕秦、汉之故都：秦都咸阳（陕西咸阳），西汉都长安（陕西西安），东汉都洛阳（河南洛阳）。终南山，在今陕西西安南。嵩山，为五岳之中岳，在今河南登封。华山，五岳之西岳，在今陕西华阴。京师，北宋的首都，在东京开封府（今属河南）。

〔4〕欧阳公：欧阳修（1007—1072），北宋庐陵（江西吉安）人，天圣进士，历知州县，后行翰林学士，嘉祐二年（1057）知贡举。苏辙于本科中举。

〔5〕周公、召公：皆周文王（姬昌）的儿子，帮助哥哥武王（姬发）灭殷建立周朝，后又辅佐成王（姬诵）平定东方的叛乱。为西周初年的重臣。

〔6〕方叔、召虎：都是周宣王（姬静）时的大臣。方叔曾平定荆蛮、猃狁的叛乱。召虎曾平定淮夷的叛乱。

〔7〕赐归待选：苏辙在嘉二年（1057）十九岁时，中进士。当年母亲病故，奔丧回蜀。服除回京，于六年八月，应贤良方正直言极谏策问，授商州军事推官，上奏乞留京师养亲。获准赐归待选。直到治平二年（1065）三月，方出任大名府推官。

【译文】

　　太尉执事：我生性喜好写作，对怎样写好文章考虑得很深刻。认为文章是人内在气质的再现，文章虽然不是学习了就能写好，而人的内在气质却可以通过加强自身的修养而得到。孟子说："我善于培养我的盛大刚正之气。"如今看他的文章，宽阔厚实宏伟博大，充塞于天地之间，同他的内在气质大小相称。太史公司马迁游历天下，看遍了整个中国的名山大川，和燕国、赵国一带的豪侠俊杰交游，所以他的文章流畅跌宕，很有奇伟的气魄。这两个人，难道什么时候专门提笔学习写过这样的文章吗？那种浩然之气充塞于他们的心胸之中而自然流露于他们的容貌之上，从他们的口中表达出来而在他们文章中再现出来，只是他们并没有察觉而已。

　　我出生已经十九年了。平常在家中与我交游的，不外乎乡里邻居之人；所看到的也不过几百里之内的事，没有高大的山脉、空旷的平野来登览以增加自己的见识；诸子百家之书，虽然没有不去读的，但那终究不过是古人的陈迹，不足以激发自己的志气。我害怕这样会埋没了自己，因此决然离开家乡，去寻求天下的珍奇传说和壮观景色，以感知天地间的广阔博大。我路过了秦、汉时的故都，从容地观览了终南山、嵩山、华山的高大雄伟，向北眺望了黄河奔腾而去的壮观气势，颇有感触地想起了古代的英雄豪杰。到都城开封（今河南开封），瞻仰了皇帝宫殿的壮丽宏伟，以及粮食、府库、城池、苑囿的众多和巨大，这才知道天下的广阔和美丽。见到了翰林学士欧阳修先生，聆听了他宏伟雄辩的议论，看见了他秀美俊逸的容貌，和他的门生贤士大夫交游，因而知道天下的优秀文章都汇聚在这里。太尉您以雄才大略而名冠天下，国家依靠您才没有忧患，周边的各族害怕您才不敢轻举妄动，在朝廷上就如周公、召公那样辅佐君王，在外用兵就像方叔、召虎一样御侮安边。可我还没见到您啊。

再说，一个人的学习，不有志于最高境界，即使再多又有什么作为呢？我来到京城，于山看到了终南山、嵩山、华山的高大雄伟，于水看到了黄河的广大深远，于人看到了欧阳修先生，然而还以没有见到太尉您而深为恨憾。因此希望能亲睹您的风采，聆听您的一点教诲以充实自己，这才会认为全部看到了天下的可观景致而没有什么遗憾的了。

我还年少，没有能通晓做官的事务。先前来京应试的时候，并不一定要谋取一点点俸禄，偶然考中得了官，也不是自己喜欢的。幸而得到恩赐让我回家等候选拔，使我能悠闲几年，我将进一步钻研作文之道，并且学习为政之道。太尉您如果认为我可以教诲而辱您教诲我，那我就更感荣幸了。

唐宋八大家散文